U0922810

超能者

上

Extension World

［日］古谷美里 著
马丽 译

中国友谊出版公司

目录
contents

目录

序　言

“啊！”少女短促的尖叫声在教室里响起的瞬间，正准备回家的宫本瞬抬起头来。

少女身体扭得像地里爬行的青虫一样，高声尖叫。一到了这个季节，那些家伙就经常进入教室里。原来，这个女生是怕蝉啊？瞬想到。

这么说来，蝉究竟是为了什么而活呢？七年的时间都在地下度过，仅有十天能够生活在地面上，但是一来到地面上就发出令人厌恶的叫声。由居无定所的蝉联想到自身，瞬的心情有些黯然。

瞬抓住少女肩上的蝉，放出窗外。

“好吓人。谢谢。”

我可不是为了你，是为了只能活十天的那个家伙。瞬在心里吐槽，背对少女站起身来。

“瞬君，今天忙吗？”

瞬迟疑了一下，叹了口气。

“很忙。”

“一点时间都没有吗？马上就到合唱比赛了，瞬君也一起练习……”

“对不起。”

“是吗……那就没办法了。”

少女说着话，一脸仰慕的神情望着瞬。这样子和刚刚放走的蝉好像，瞬不由得笑出声来。

“怎么了？我脸上有什么吗？”

少女开心地对着瞬微笑，面颊染上了淡淡的粉色。

瞬正要走出教室，被班主任安藤叫住了。同学们虽然对自己特别一些，但老师可是一视同仁的。瞬叹了口气，停下脚步，毫不掩饰自己的狂妄态度，望向安藤。

“什么事？”

“你转校过来有一个月了吧？差不多也该适应学校了吧？”

“啊……嗯。”

“你也来参加合唱比赛的练习吧，怎么样？我想同学们都很想和宫本搞好关系哟！”

安藤摇晃着身体豪爽地笑起来。瞬移开目光，深深叹了口气。一直以来，他就对安藤这类洋溢着热血激情的老师没办法。这种老师只会从事物的表面加以判断，而不会抓住事物的本质。

“对不起，我家有事，所以……”

瞬故作无知地从安藤身边走过，却被安藤用力按住了肩头。

“你等等。家里有事，难道是父母有什么事吗？”

“有门禁。如果不按时回家，母亲会变得不对劲儿……”

“那是那个……精神方面的问题吗？”

安藤不礼貌的询问，令瞬很不快。即便母亲真有精神问题，安藤也丝毫没有这样说的道理。

“如果是精神方面的问题，那有什么问题吗？”

大概是被瞬挑衅的气魄压倒了吧，安藤窘迫地笑了。

“那个，父母就是个大麻烦啊。宫本转校来的日子还短，你不自己积极融入集体可不行哟。”

“……”

“哦，你如果有什么事，都可以来找老师商量！这里和东京不一样，自然环境清幽，居住是最舒服的。”

“是啊。除了自然之外什么都没有。”

安藤微笑着，似乎对于瞬的嘲讽毫无所觉。

“宫本真是够酷啊……或者说是洋气吧。你在东京的学校也给人这种感觉吗？”

听了安藤的话，瞬不由得沉默了。一阵如针扎般的刺痛突如其来地从脑内穿过。

“宫本？你怎么了？”

每当去回忆在东京的学校生活时，就必定会遭受剧烈头痛的侵袭。去了好几次医院，被诊断为压力性解离性健忘症。这种状态似乎是由强烈的心灵创伤化作诱因把部分记忆完全消除了，“快想起来”这句话来自内心深处，日复一日追逐着他，且声音越来越大。

瞬深深地吸气，缓缓地调整呼吸。

“现在可以走了吗？”

瞬背对着一脸手足无措样子的安藤，快步离开了。

校园周围种植了许多树，一出校门，狂躁的蝉鸣声汇聚在一起，响成了一片。瞬仰起脸来侧耳倾听那声音。在东京的时候，蝉鸣声也是一样吵闹啊。刚想到这儿，爽朗的夏日晴空眨眼间就被阴森可怕的乌云覆盖了，山里的天气瞬息万变，一副山雨欲来的架势。再不快点儿回家，就要被雨淋上了。

瞬抬起头看向回家的路，重新背了背挎在肩上的书包。即使回家并没有什么值得高兴期待的事，但因为必须让母亲放心的义务感，瞬在缓坡上加快了脚步。

“没必要这么着急吧！”

背后突然有人和他说话，瞬停下了脚步。身体像被束缚住了一般动弹不得。背后不明所以的冷意袭来，瞬牙齿咬得咯咯作响，全身颤抖。“千万不要回头！”瞬的本能拼命地告诫他。

“是谁？”

凝视着眼前蔓延的归途，瞬小声地嘀咕着。“不可以回头！”好像不这样说给自己听，他立刻就会转过身去。

“我来接你了。”

“今天是个倒霉日子。”瞬想。不，也许自己自出生以来就每天都是倒霉日子。似乎不管怎样，自己都抗拒不了这个声音的主人。

在远处传来雷声的同时，瞬向后转过身去。

宫本政子坐在廊子上，凝望着夕阳没入群山的景象。在夕阳的照耀下，群山浮现出仿佛是被剪切下的影画般的轮廓。

虽然是木建的两层旧屋，但母子三人居住已经足够宽敞，除了布局稍有不便之外，政子对于在白马村的生活在某种程度上还是比较满足的。房子的四周围着和孩子的身高差不多的石墙，院子里杂草丛生。从外面无法窥探内部情形的构造，也令政子感到很称心。

政子讨厌傍晚时分的光景，赤红的天空如血染一般，总是令人有种难言的不安。丈夫宫本正明离世，到今天将近一个月了。正明死后，政子没有告诉任何人目的地，半夜里带着儿子和女儿逃离了东京的家，但是，他们真的逃脱了“那个男人”的魔爪吗？政子身体轻轻颤抖着，微微摇了摇头。

“这种战战兢兢的隐居生活什么时候才能结束啊？”政子轻轻叹了口气。

政子将视线转向室内，旧闹钟的时间正指向19点。若照往常，这应该是瞬从学校回到家的时间，但静悄悄的玄关处没有丝毫声息。是遇到什么事了吗？政子站起身来向客厅走去，突然察觉到一股视线，猛地转过头去。视线的那一端，正明的遗像静悄悄地摆放着。政子在遗像前跪坐下，闭上眼睛双手合十。若不祈祷些什么，她就没法保持正常精神了。“正明，你要保佑我和孩子们……”

缓缓睁开眼睛，再次看向遗像的瞬间，政子整个人都僵住了。正明的眼睛里一片红色正蔓延开来。来了……政子直觉地知道，“那个男人”马上就要到这里来了。

必须逃！

政子顺着连接二楼的楼梯跑上了二楼，粗暴地推开儿童室的房门，大力摇晃正在卧室熟睡的杏。

“杏！快起来！我们必须马上离开！”

“做什么？因为叔叔来接我们了吗？”

听了杏的话，政子不由得大惊。这个孩子已经知道了……过度的惊恐，令政子几乎站立不稳地颤抖着。快点快点快点……错乱的状态下，政子拉起杏的手，脚步踉跄地向大门奔去。哪怕一刻也好，必须尽早离开这里。瞬到底去了哪里啊？

政子打开大门，和杏一起来到大街上。街头已经完全看不见了，整座乡村城镇已被暮色笼罩，嗖嗖的刺耳风声回响在四周。

“瞬！”

政子心里明白，这样的呼唤是徒劳无功的，但她还是一遍一遍不断呼喊着瞬的名字。

还有三个月，森村和也就要退休了，他以为这一天也会和平常一样平淡无波地度过。

偏僻乡村的小警署，要说有什么事件，那么不外乎是谁家养的宠物逃走了，谁家的屋顶坍塌了之类鸡毛蒜皮的小事，只想轻松混到退休的森村在这里工作得相当满意。

时针指向20点，今天也是平安和顺的一天，森村微笑着伸了个懒腰。今天值班的还没来吗？他正打算向外张望一下，警署的门哗啦一声被拉开了，年轻女子一副阴气逼人的样子闯了进来。女人披头散发喘着粗气，但森村一看到那女人，便突然有种喘不上气来的窒息感。他这辈子还没见过长得这么美的女人，乌黑的长发闪着丝缎般的光泽，长长的睫毛哀怨地覆在杏仁儿状的瞳孔上，勾勒出美丽的曲线。挺直的鼻梁使女人的整副面容都给人一种高贵的印象。

森村呆呆地看着女人的脸，女人一边调整呼吸一边抬起头来。

“那个……”

女人的声音让森村回过神来，慌忙殷勤地请对方坐下。

“啊，那个……出什么事儿了吗？”

“我的儿子失踪了！”

女人的声音像从嗓子里挤出来似的向他求助。

“您说的，是今天的事儿吗？”

“是的。”

“您儿子多大了？”

“16岁。”

什么啊……原来是犯了操心病的母亲跑来求助啊，森村在心里暗骂。现在的高中生在外面玩到超过晚八点的不是多得很吗？不过是玩得晚一点儿没回家而已，这也值得跑来找警察？森村对素未谋面的少年很是同情。

“这位妈妈，现在才八点钟吧？他和朋友们玩到这个时间也很正常啊。”

“不是的！”

面对女人气势汹汹的样子，森村有些畏缩了。

“那您有什么线索吗？”

女人犹豫了片刻，抬起头来看着森村，那双瞳孔如同燃烧起来般美丽，森村不由得避开了视线。如果继续直盯着对方，他怕自己就要失常了。

女人把紧盯森村的视线移开，露出思索的模样，片刻后摇了摇头。从那不自然的神态可以很容易地猜想到，女人在隐瞒着什么。但是，已届退休之年的森村并不想牵涉到什么麻烦事中。

森村决定不管怎样要以一种息事宁人的方式从这里抽身，便露出个僵硬的笑容来。

“那个，这位妈妈，请冷静。这不过才过了几个小时而已，而且是青春期的孩子吧？会不会是离家出走了呀？”

“要只是离家出走就好了……”

大颗的眼泪从女人的眼中滚落下来。森村慌忙从兜里掏出皱巴巴的纸巾递过去。女人接过纸巾按在眼角处，一连串的动作莫名地透着性感，森村的心脏突然怦怦剧烈跳动起来。

“叔叔，你喜欢我妈妈吗？”

森村大吃一惊，环顾四周，女人身后一个五六岁的女孩上前一步走了出来。女孩直直地盯着他看。森村觉得连自己的阴暗面都完全被看穿了，在女孩的注视下，他不由得退缩了。

“啊，不……没那回事啦！叔叔只是在工作呀。”

“骗人！”

女孩坐在小圆椅上，双脚啪嗒啪嗒地晃动着。她到底是什么时候出现在这里的？真是个嚣张的小孩呀！森村在心里小小地咂了咂嘴。

“那个……能请您帮忙搜查一下吗？”

似乎是看穿了森村的心思，女人用讨好的眼神望着他问。

“没有可靠的证据是不可能行动的啊。更别说这样的乡下地方了。”

“是吗……”

森村把失踪报告和圆珠笔摆在女人面前。

“不管怎么说，您先填一下这个必要事项吧。”

“杏来写吧。”

女孩得意地把失踪报告和圆珠笔拿到了自己面前。

“这个，不行不行。”

正要把失踪报告拿回来的森村注意到，女人的视线正呆呆盯在屋子里面。

“怎么啦？”

顺着女人的视线回过头去，森村的背后放着一个22英寸的小电视机，正在播放晚间新闻。据记者报道，新潟县有女中学生失踪。

“最近失踪事件很多，不太平啊。对了，您知道一位叫宫本政子的女人吗？”

森村无心说出的一句话，却令女人脸色唰地变得苍白。

“那个女人怎么啦？”

“今天上午，总局来了消息……好像是名失踪女性，有消息说在这边见过她。呃，应该传了脸部照片的FAX过来……”

在森村要站起来之前，女人便拿起随身物品站起身来。

“啊，您要回去了吗？失踪报告呢？”

“我到这儿来的事儿，您可以当作没有过吗？”

“您这样要求，可是……”

“拜托了……杏，走了。”

“看啊！”在递过来的失踪报告上用圆珠笔胡乱涂写的女孩很高兴地举起那张纸。

森村在看到那张纸的一瞬间，身体突然僵硬了，一种莫名的恐惧在心中蔓延开来。“这，这，这是什么啊……”森村小声嘀咕着。

女孩摊开的纸张的另一面上写满了“救救我救救我救救我……”。

第一章

环顾空无一人的编辑部，佐伯奈美子打了个大大的哈欠。手表的指针已经转到了深夜0点的位置。分配到*News Wide*周刊来已经是第二年了，奈美子终于被委任了一个特集报道。在下周一的企划会到来之前，她必须拿出个好的方案来。虽然干劲儿十足，然而空有心气儿，却怎么也想不出好点子来。

“啊，好想喝一杯。”

空无一人的杂志社内，奈美子独自嘀咕着。今天是周五，和几个朋友联系一下，也许能找到正在这附近喝酒的人。奈美子带着淡淡的期待伸手拿起手机，才发现有个不显示来电号码的短信。又来了！奈美子皱起了眉头。从20岁的时候开始，她就频繁地接到不显示来电号码的无声电话，到今年已经是第五年了。一开始虽然觉得很可怕，但忙起来也就丢在一边不管了，结果到现在已经过了五年的时间。

“这人，还真是闲得无聊啊……”

奈美子看着手机屏幕嘀咕。她不由得叹了口气，向朋友们说了这件事，大家都劝她最好找警察咨询一下，但奈美子觉得反正就是只能打打无声电话的胆小鬼干的勾当，便一笑置之了。

今天就回家睡觉去吧，奈美子拿起包站起身来。不知不觉，想喝一杯的心思已经淡了。这也都是拜那家伙所赐！奈美子把手机粗暴地扔进包里。

一出门，初夏的暖风迎面而来，拂过奈美子的脸颊，穿着衬衫有些微微出汗。

奈美子快步走向车站。

在自家那站下了车，奈美子突然感到背后一股恶寒，她直觉地感到这一瞬间有谁正在盯着自己。她转身向后看去，却什么都没看到。

职业性质的关系，奈美子经常埋伏等待，这让她对人的视线也变得极其敏感。奈美子从小就有极其敏锐的直觉，连大人们都感到害怕。这种直觉的敏锐度在工作中也被充分发挥出来了，奈美子现在关于信息收集方面的能力，在编辑部内也是大大有名的。

但是，现在投向奈美子的视线，不管怎么想都不是善意的，反而充满了类似憎恶的激烈情绪。今天似乎会发生什么不好的事情，奈美子的第六感告诉她，但却没教给她如何避开危险的手段。

从车站步行10分钟就是奈美子的公寓，不过要通过一个行人稀少的小巷子。奈美子犹豫着是不是要坐出租车，突然又想和那个不知为什么对自己带有恶意目光的主人谈谈。没准儿就是从五年前开始给自己打无声电话的那个人吧，奈美子直觉地这样想。奈美子的性格是在任何事情上都喜欢清清楚楚，对于她来说，像今天这样的机会简直是天赐良机。她想，这样的话就可以彻底问个清楚了。这种鲁莽草率的性格，让她在到眼前为止的人生中已经数次地卷进了麻烦，可即便如此，对于奈美子来说，能够了解真相才是最重要的。

奈美子从车站慢吞吞地向自己家的方向走去。在进入小区拐角的地方，她猛地向后转过身去。戴着黑色针织帽的高大男人进入了她的视野，那一瞬间奈美子有了似曾相识的感觉。“啊……这个人……”就在奈美子要想起对方是谁的瞬间，男人以迅猛的速度向奈美子扑去。

奈美子刚反应过来，已被推倒在地，被男人骑在身上。男人手里亮光一闪，“刀……”奈美子察觉到时，刀子已高高举起。

自己怎么会这么蠢呢？她认真地厌恶起自己来。历任男友对她的评价都是鲁莽冒失，她却认为那是胆小鬼的蠢话，全部无视了。然而，现在被男人摁在地上，被挥刀相向的自己，让她深切地感到，自己不管怎样都是弱势一方的存在。“我还不想死！”就在奈美子这样想的瞬间，眼前骑在自己身上的男人突然飞了出去，呈大字形倒在了地上。男人倒在混凝土的路面上露出痛苦的神色。虽然不知道那一刹那发生了什么，但可以确定的是，自己还没有被杀。

奈美子迅速爬起来，探头去看袭击自己的那个男人的脸，不由得惊叫出声。

“啊！石井老师……”

躺在那里的，正是奈美子大学时代空手道部的顾问石井。石井是在以传统空手道松涛馆为核心的许多大赛中的著名高手，但在私生活方面却很不检点，指导之际经常对女学员做出不必要的身体接触。正义感爆棚的奈美子向学生部举报了石井的性骚扰行为，并与其本人正面冲突过，最后的结果，听说石井被开除了。已经过了五年的今天，她还不能忘记石井那张如煮鸡蛋般愤怒的脸。

那个石井就在刚才袭击了自己，打算杀了自己。奈美子背后升起一股寒意。

终于平静下来，奈美子向四下里看了看，才发现自己旁边站着一个身穿T恤衫的年轻男子。

“欸？你刚才一直就在吗？”

这个问题问得连奈美子自己都觉得怪怪的，这个男人多么没有存在感啊。

“您还是小心些好。我想警察已经来了。”

男子用下巴指向石井，踢飞了附近的刀子。

奈美子再一次打量眼前的这个男人，如瓷器般光滑的皮肤上，比例完美地配置着形状漂亮的鼻子和嘴唇。男人端正的面容让奈美子看得入迷，那表情像人偶般冷冷的，黑亮澄澈的瞳孔里流露出悲伤的光彩。难道，就是这个男人在一瞬间打倒了空手道四段的石井？确实，男人的胸部很厚实，从T恤衫上就能很容易想象出细致紧绷的肉体，但是想一想他和石井的体格差距，要在一瞬间打倒石井也是难以想象的。不过，石井的右脸颊上有个鲜明的青色瘀斑，那确实是被打之后留下的。

“救我的人，是你吧？”

男子无视奈美子的问题，径直向车站的方向走去。

“等等！”

“什么？”

“我问你，是不是你救的我？”

实在是太兴奋，语气就不自觉地粗鲁起来。奈美子正为自己粗鲁的语气后悔，男人停下了脚步，看向奈美子。

“是又怎么样？”

“你是怎么打倒他的？他可是空手道四段啊！”

远处传来警笛靠近的声音，男人露出非常不耐烦的神色。

“不好意思。我不想和警察打交道。”

“我明白。那，请联系我吧。下次一起吃个饭。”

奈美子把名片递给男人。男人目不转睛地看着奈美子的名片，微微笑了。

“怪女人。”

男人把奈美子的名片塞进牛仔裤的裤兜里，快步离开了现场。

“怪的不是我，是你啊！”奈美子在心中嘀咕道。

第二天早上，奈美子被手机的闹钟铃声叫醒了。她揉着惺忪的睡眼看了一下闹钟，才早上6点钟。这样的话手机调成振动叫醒就好了，她有些后悔地想，起床拉开窗帘，初夏的风吹进来，令人心情愉悦。有一刹那，她甚至想，昨天的事会不会只是一场梦呢？可膝盖和手臂上的伤痕说明了那一切都是真实的。

奈美子注视着手机的显示屏，男人却始终没有联系她。

想再一次见到他，奈美子想。被石井袭击虽然受了些打击，但和那个男人的相遇，给了奈美子一种感觉，仿佛一下子等到了一直寻找的答案。既然他不联系我，那就由我来找出他吧。奈美子心头的阴霾一扫而空，她暗暗发誓道。

瞬在歌舞伎町的杂居大楼的缝隙间抬头仰望夜空，长长出了口气。许多年轻人来往于这条肮脏的大街，近年来也有许多外国游客前来观光，对于像自己这样的隐匿者来说，是最合适不过的地方了。而且，这里有许多长相漂亮的揽客牛郎，自己在这里也不会太显眼。

虽说是夜晚，但要把人煮熟般的酷暑依然持续着。瞬突然觉得有些口渴，想去喝一杯。他环顾周边，大众居酒屋的下面一家整洁舒适的酒吧正开着。最近酒量见长，他并非没有自觉，但怎么也控制不住，果然还是精神上的原因吧。瞬犹豫到最后，还是踏上了通往地下的狭窄阶梯。

推开沉重的门，昏暗的店内，小小的吧台后，满头白发的店主正摇晃着鸡尾酒混摇器。瞬在最里面的座位上坐了下来。向店主点了一杯教父后，四下里打量店内的环境。吧台对面的墙壁被唱片装饰着，店里流淌着查利派克演奏的萨克斯音乐。新宿的市中心居然有这样有品位的店，真是叫人吃惊。看起来是家价格不菲的店，所幸自己没有金钱方面的困扰。瞬打开钱包，愣愣地看着里面那张黑卡。这是只限于个别人拥有的最高级别的信用卡，也是瞬的救生索。

看过钱包中的卡，瞬一点一点品尝着眼前的教父，想着明天比赛的事。作为地下搏击选手大显身手的这一年里，他至今还从未输过，瞬成了这个区域里的知名人士。最近对他敬而远之的选手越来越多，他的比赛安排也就少了，不过明天即将对战的对手，据说是点名要和瞬来场比试的。没有人能够赶上自己的速度，连碰触到自己都不可能，这一点他是明白的，可对明天的对手自己却有种莫名的担心。

今天还是回去吧，想到这里，瞬站起身来。突然屁股上感觉有些不舒服，他伸手一摸屁股上的口袋，从里面掏出一张皱巴巴的名片来，上面写着“*News Wide*周刊编辑部 佐伯奈美子”。对了，上周救了一个被男人袭击的女人，瞬记起了一周前发生的事情。

瞬再一次目不转睛地凝视这张名片，一个莫名胆大的怪女人，在偌大的东京不会再见了吧。瞬把名片揉成一团放进眼前烟灰缸的那一刻，旁边响起了一个熟悉的声音。

“你能不把我的名片扔了吗？”

瞬吃惊地望向旁边，穿着黄色印花连衣裙的奈美子正眼睛一眨不眨地盯着瞬。

“欸？你怎么在这里？”

奈美子向店主点了一杯马提尼，对着瞬莞尔一笑。她笑起来的时候两个酒窝格外可爱，即便严格来说，她也是个受欢迎的女人吧。瞬站在他人的角度上想。

“宫本瞬……有名的地下搏击选手呀。”

真是个麻烦的女人！瞬满脸不快地想。

“调查过了？”

“是啊，这是我擅长的领域呀。”

店主把马提尼放在奈美子面前。奈美子一口干了眼前的马提尼，把鸡尾酒里大头针扎着的橄榄放入口中含着，似乎很美味的样子。

“那个，不好意思，我必须走了。”

瞬站起身来。不能和这个女人再扯上更多的关系，瞬的本能告诉他。

“因为明天有比赛？”

“算是吧。”

“那，我也去看。”

“饶了我吧！”瞬忍不住叫出声来。一直以来就有许多跟踪狂似的女人跟着他，但从长相到名字都调查得清清楚楚的，这还是第一次。

“那个，一下下就好，陪陪我吧！”

奈美子抓住了瞬的袖子，轻轻拽着。这样子也太认真了，瞬突然对奈美子有了兴趣，他再次在吧台的椅子上坐下来。

“为什么想和我一起喝酒？”

“为什么？”

面颊染上了淡淡的粉色，奈美子害羞低下头去的样子，引得瞬的心中微波荡漾。对于瞬来说，女人只是发泄性欲的对象，情啦爱啦之类的感情都麻烦无比。而且，女人这种生物，做爱后就会很快产生感情，并且不加辨别地把这种感情丢给对方。瞬对于这种女人最感头疼。

瞬决定对奈美子羞红的脸假装视而不见。

“说起来，你是怎么调查到我的？”

奈美子从包里拿出一个大大的笔记本来，翻开那个本子，上面用铅笔仔细地绘出了瞬的容貌，只需一眼就能看出，这不是外行人能画出的水平。太过还原的完成度，令瞬小小地抽了口气。

“太厉害了！”

“事实上，我是美术大学毕业的。”

“可是，你真的是周刊杂志的记者？”

“其实，我是想成为一名插画家的，但是太难了。”

瞬把写生簿拿在手中，哗啦哗啦翻看其他的页面。那上面排列着连细节特征也描绘清晰的人物画像。

“你喜欢画人物？”

“做了记者之后，会采访到各种各样的人，对吧。所以就要事先捕捉对方的特征。没想到，这个才能在工作中也有用。”

的确，把人物特征画到这个程度，找起人来要轻松多了。瞬一脸钦佩的样子翻着写生簿，翻到某一页，瞬的手顿住了。

写生簿上，留着波浪式发型的男人正直直地盯着自己。年岁大约和自己差不多吧，小动物般又圆又大的瞳孔里，流露出深深的忧虑和悲伤。这个男人是谁？瞬觉得似乎在哪里见过，却又怎么也想不起来。

“你对这个人很在意？”

奈美子从旁轻轻探过头来，那双眼睛里清清楚楚地浮现出好奇的神色。瞬无可奈何地点了点头。

“这家伙是？”

“明天要和你对战的对手哦。从俱乐部老板那儿打听来的，我稍微调查了一下。平常好像只是个卖保险的，但关于他的私生活没人知道。”

“叫什么？”

“高诚，中国人。地下搏击经验为0，没有战绩。完全就是个业余拳手。”

高诚，中国人……瞬拿着画册的手微微颤抖了一下。写生簿中盯着瞬看的那双眼神亲昵的大眼睛一个劲儿地向瞬倾诉，让他“快想起来”。瞬用手掌一下子按住太阳穴，大口呼吸起来。

强烈的干渴令他睁开了眼睛，这里是自己的家，自己的床。瞬看了一眼昏暗中的时钟，时针指向19点。他只记得昨天和奈美子在酒吧里喝酒的事，之后的记忆就比较模糊了。

这么想来，自己是从什么时候开始完全失去记忆的呢？如果不是地下搏击比赛邀请了正在新宿的马路上晃晃悠悠徘徊的自己，也许自己会把过剩的情感向别人倾诉吧。身上没有带任何可以证明身份的东西，但看到裤兜里放着一张写了“宫本瞬”的信用卡，瞬就知道了自己的名字。在没钱的时候，试着使用了那张信用卡，用得很顺利，也没收到还款通知，因此他便不需为衣食住行发愁了。

瞬急忙起身收拾完毕，离开了公寓。抬起被汗水浸湿的脸，天空里巨大的满月正窥视着他。虽然不会忘记月亮，但有关自身的事情，包括短期的记忆，都有太多的事情被遗忘了。其中有一点可以肯定的是，自己精通格斗。如何躲避对手的攻击，怎样打能给对手造成致命的伤害，这些都自然地渗透进了身体里。那是远远凌驾于运动神经好的水平之上的，可以称之为特殊才能的能力。

瞬把右手的中指和食指并拢握拳，以风一样的速度向天空中挥出一拳。那是连他自己都意识不到的迅速，可他还是察觉自己的动作比平常略微迟钝了些，一定是受了昨天喝酒的影响。

突然感到口渴得厉害，瞬在自动贩卖机前停下来。蝉聚集在自动贩卖机朦胧昏暗的灯光里鸣叫着。瞬露出不快的神色，用手轰走了蝉，按下购买营养剂的按键。只有这样的东西才能够给他慰藉，必须刻不容缓地喝下，滋润干渴的喉咙。像被人催着赶着似的，瞬忘我地将营养剂灌入喉咙里，快步离开了那个地方。

深夜1点到达作为比赛会场的“GOLD CLUB”前，入口处已经排起了长队，年头颇长的三层楼建筑被年轻人的热情包围着。位于六本木中心的这家店是被刊登在旅游指南上的人气名店，所以有许多外国观光客的身影，店前嘈杂交汇着各种语言。

瞬观察了一下附近，在排队的客人中，也零星地夹杂着女性的身影。最近由于格斗热潮的影响，瞬也有了许多追随他的女粉丝，但他并没有其他选手那样的浮躁情绪，而是冷静地从客人中间穿行过去，走向站在入口处的经理人木原。

木原发现了瞬，脸上露出等得焦急的神情。

“瞬一出场，招揽客人的数量果然就是不一样。”

真是不管到哪儿都一样，俱乐部的经理人都是守财奴，招人讨厌。瞬顺势恭维了木原几句，便询问起今天对手的情况。

“我今天的对手是个什么样的家伙？”

“啊……这要怎么说才好呢……”

“听说是个没有地下比赛经验的外行？”

“嗯……是啊。是个外行呀。”

“请好好给我介绍一下。比赛是预约的，对吧木原先生？为什么要我和一个外行人比赛？”

“哎呀……这个啊，情况挺复杂的。”

木原看起来一副难为情的样子，挠了挠头。

“挺复杂的是什么意思？”

木原说的话含糊不清，让人莫名地不快。瞬想着不可急躁，暗中提醒自己要保持冷静。

“那个，瞬今天也要赢啊！”

木原轻轻拍了拍瞬的肩膀，进后门去了。与木原轻松的口气相反，瞬的心中涌上一种不祥的预感，挥之不去。即将交手的对手，不会是想要打开自己沉睡中记忆的匣子吧？他一边祈祷不要发生那种事，心里却明白自己按捺不住地期望有人来打开那个匣子。瞬恳切地祈求，那匣子不是潘多拉的匣子。

瞬一副想得入神的样子呆立着，突然锐利如刀的视线从背后袭来。他猛地回过头去，时装模特一样身材高挑手脚修长的金发白人女性，正径直向他走来。黑色无袖花边衬衫上贴着VIP的贴纸，与周围的女性比起来，有种超群出众的美。在六本木的霓虹灯照耀下，女人的瞳孔散发出妖冶的光辉，瞬陷入了一种内心完全被看穿的错觉中。

“宫本……瞬？”

女人用流利的日语问。

“是的。”

"记忆怎么样？已经想起来了吗？"

女人的脸靠近瞬的耳边，小声说道。瞬的身体反射性地向后退了一步。这家伙知道我的过去吗？在目瞪口呆的瞬面前，女人笑得很开心。

"你是……是谁？"

"我是艾玛，是你的同类，要好好相处哦。"

唇上的口红给人极深的印象，一副女王样子的艾玛，被她的派头所散发出的充满能量的美围绕着。

"比赛马上就要开始了吧？我也是观众，就让我看看你的实力吧！"

艾玛说完，从瞬的身边迅速走过，消失在VIP专用通道的入口处。瞬正要追上去，身后有人叫住了他。

"泡妞吗？"

瞬回过身去，穿着短裤和吊带背心的奈美子正皱眉站在那里。麻烦的女人，一次又一次地出现，今天是个倒霉的日子吗？瞬叹了口气，疲惫地看向奈美子。

"你果然来了……"

"好漂亮的人呀！你喜欢她？"

奈美子看着艾玛消失的地方，露出慌乱不安的神情来。

"我对她没兴趣。"

"骗人。你这么说只是为了躲开麻烦的我。昨天也是心情突然不好就丢下我走了……"

“啊，是啊是啊。”

随口敷衍了两句，瞬摆脱奈美子进入了建筑物中。建筑内按照音乐类型分隔成了三层，DJ的台子前人山人海。那些疯狂叫嚷着的年轻人，现在这一瞬间都在想什么呢？在瞬的眼里，他们就像聚集在蜜糖箱前的蚁群一样，是无知又生命短暂的生物，可只讴歌这一瞬不也是令人羡慕的吗？

穿过被年轻人的热情包围着的楼层，进入被称为演员休息室的肮脏房间里，瞬总算能休息一下了。突然望向脚边，瞬的鞋子旁边正端坐着一只老鼠。

“这只老鼠，10秒钟之后就会死哟。”

扭头看向声音传来的方向，一头黑色卷发、戴着太阳镜的男人正望着他笑。虽然那态度好像是试探人似的满不在乎，但空气中却飘浮着不知何时他便会獠牙相向的恐惧。

果然，我和这个男人是见过的……内心深处涌起难以抑制的强烈的似曾相识的感觉，瞬小步疾行走到男人身边。

“那个，我们过去是不是见过？”

男人无视瞬说的话，突然开始数数。

“5，4，3，2……啊！看，死了！”

顺着男人手指的方向看去，老鼠像抽风似的轻轻颤抖了几下后，仰面倒下。男人看起来心满意足似的站起身，走向瞬。170cm左右的瘦小身材，却神奇地向周围释放出威压。

瞬的视线突然投向了黑色T恤衫里露出的男人的手臂上。手腕上可以看到有无数的割伤和擦伤，那些生动的伤痕暗示着男人是经过许多战斗场面的，他的战斗力一定很高。瞬吞了口口水。

“嘿，还没想起来吗？”

男人摘下墨镜，脸凑到瞬面前。清澈通透的灰色的眼睛紧紧盯着瞬。

“对不起。我没有以前的记忆……”瞬把脸扭向一边，小声嘟囔道。

“快点儿想起来吧！不然可就麻烦大了呀！”

下一个瞬间，瞬没有看错，男人的眼睛从清澈通透的灰色变为黑曜石般的黑亮。

“眼睛的颜色变了……”

的确，刚才在瞬的面前，男人眼睛的颜色发生了变化。瞬吃惊太过，呆呆地看着那个男人。

“啊！吓到了？使用能力的时候就会变成灰色啦。平常眼睛的颜色和瞬君一样，都是黑色的。”

“等等。你说的能力，是什么意思？”

瞬拼命想把过去的记忆拉到身旁，但记忆的那根线却扑哧一下在中途断掉了。之后，感觉似乎要想起点儿什么了，但越是想想起就越困难，瞬浑身流下冷汗来。

“哎，真的还没想起来呀？那算了，我先走了。”

扔下这句话，男人先瞬一步走出了休息室。

比赛会场在二楼，二楼中央设置了环形场地，在那周围转圈摆着椅子。钢制椅子上贴着VIP的贴纸，艾玛的身影也出现在那里。恰好是热场比赛结束的当口，观众们的热情达到了最高潮，站着的看客中谩骂满天飞，毫不抑制的叫骂声从二楼传来。

地下格斗根本没有基本的规则，就是打架式的战斗风格，上赛场的大多是血气方刚的不法之徒和好勇斗狠的恶徒，打死人的情况也时有发生。最初观众们希望看到的也是血肉横飞的互殴战斗场面，但瞬的唯美赛风成为话题之后，观众都交口称赞起瞬的战斗风格来。

站在赛场上的主持人隔着麦克风才刚介绍完瞬，赛场各处就响起了“就等他呢！”的叫喊声。

瞬站在赛场上，等着对手出场。自己不了解对方的出身，但对方好像知道自己的过去。那个男人在休息室里说的“能力”二字，浮现在瞬的脑海之中。

男人在赛场的另一侧一现身，观众席上便嘘声四起。对着那些嘘声，男人挺高兴地做出个侧耳倾听的样子来。那滑稽的样子仿佛是在表演搞笑，将冷笑和感叹给观者便足够了。

于是，紧接着观众席上有喝醉的女观众将酒瓶扔向赛场上的男人。女人似乎咒骂了什么，但那句话毫无意义地消散在空中。酒瓶离开女人的手，划出一道抛物线，唰的一声越过了瞬的头顶。

这是一瞬间的事，还是一个长时间的过程？虽然难以确定，但在有人喊“危险！”的时候，男人早已接住了酒瓶。

“别扔这种危险的东西，如果是巧克力的话，我会很高兴的。”

赛场内男人玩笑的声音响彻全场，周围瞬间恢复了安静。女观众不知道发生了什么事，一副吃惊的样子望着赛场上。

男人转身面对着瞬，把酒瓶远远地扔出赛场。

“既然瞬君想不起来，那就让你的身体想起来吧！”

男人向着瞬的方向大力挥出一拳，拳头毫不留情地打中了瞬的脸。

第二章

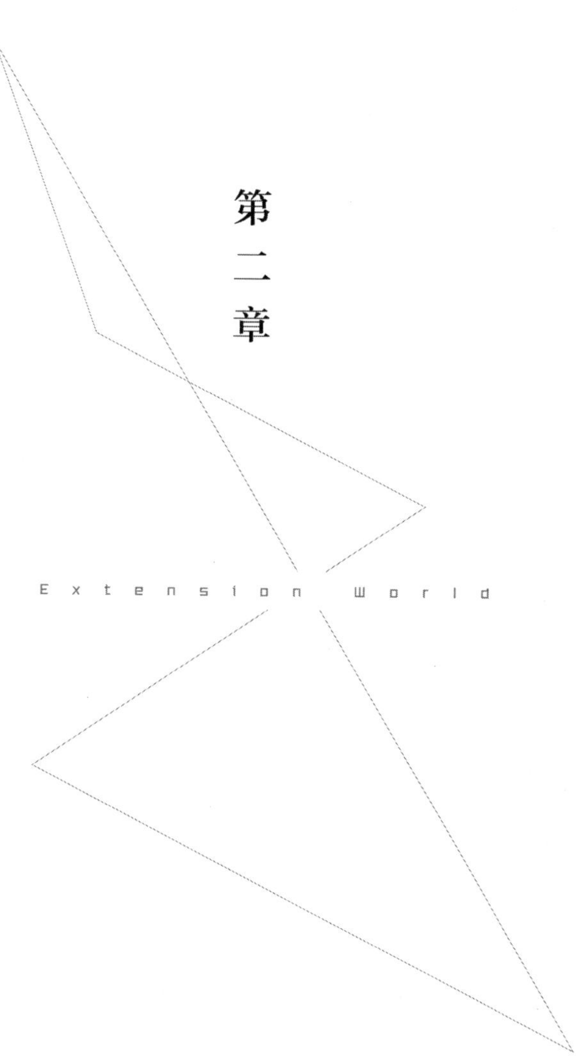

Extension World

脑内感到仿佛割裂般的疼痛，瞬睁开了眼睛。自己的确应该是在放学途中，但这里到底是哪里？向上看着陌生的混凝土房顶，瞬拼命想回忆起发生过的事。

对了，自己确实被一个陌生的男声叫住了。也就是说，自己被诱拐了？瞬尝试着拼命整理状况，但在非现实的状况前他的头脑根本无法顺利运转。而且，身体像被什么坚固的固定器具给固定住了，一点儿也动不了。

“该死……这是什么啊？！”

瞬忍不住爆了句粗口，但他清楚自己无法改变这种绝望的状况，叹了口气。

突然，在距离瞬很近的地方响起一个低沉的男人的声音。

“你醒了？”

瞬反射性扭脸看向声音传来的方向，身高近两米体型高大的男人正兴趣满满地望着他。男人像世界史插图说明上的波塞冬一样，头发和脸都被像被水濡湿了的漆黑卷毛覆盖着。色素浅淡的细长眼睛里放射出异样的光。瞬吓得险些惊叫出声，却又将想说的话咽了回去。

“我叫武藏。”

瞬凝神观察名叫武藏的男子的全身。武藏的容貌如雕刻般深邃，身上却穿着像忍者一样的隐身装束。眼前的男人到底是谁？拼命回忆记忆的线索，却无论如何想不起眼前男子的脸。

“谁管你叫什么，你到底是什么人！”

瞬想挣脱手脚的束缚，拼命扭动，身体挣扎。

“你少安毋躁，我现在就给你解释。”

武藏解开了瞬手脚的束缚，慢慢扶起瞬的上身。感觉到血液在向身体失去血液的地方奔涌，咕嘟咕嘟响遍全身的声音和心脏跳动的声音让他平静下来，瞬做了深呼吸。

终于平静下来了，瞬环顾整个房间。房间大约六张榻榻米大小，白色原浆混凝土打造的坚固墙体。在无机质构造的房间里，除了桌子和椅子之外，什么也没有。

无视混乱中的瞬，武藏按下房间一侧的开关，伴随着咔咔咔的声音，巨大的投影仪从顶棚降下来。瞬正吃惊地望着投影仪，画面突然切换，一个穿着和武藏相同的黑色忍者服饰的男人出现在了画面上。男人很感兴趣地看着瞬，虽然在微笑，但单眼皮的三白眼深处却闪着冷淡残酷的光。再加上右眼下方一颗凸起的红痣忽隐忽现，使男人的样子更增添了一丝令人毛骨悚然的感觉。瞬怀疑地盯着这颗红痣，它是天生的，还是烧伤呢？户隐缠绕般的视线投向瞬。

“宫本瞬君，很荣幸见到你。我是这个组织的管理人户隐。虽然你现在感觉一定非常混乱，但还是立刻接受命运的安排吧，你要感谢神，你能够被选为我们的伙伴，请安心。”

伴随着难以抑制的厌恶，瞬的背上冒出大量的冷汗来。他心中明白这家伙说的话不可信，但不知为何视线却无法从眼前的男人身上移开。

“这里到底是什么地方？你说清楚！”

“这里是SNP研究所，主要进行细胞研究。”

“细胞研究？连人体实验也做吗？”

“是呀。虽不中亦不远矣……可以这么说吧。”

看到户隐微微一笑，瞬的心里就蹿起一股恶寒，满脑子都是“人体实验”这个词。只是在乡下过着普通的生活，并没有什么过人之处，自己的人生怎么会发生这种事情？莫非我也被当作了实验材料？脱离现实的状况令瞬无意识地加快了呼吸。

“你用不着那么害怕。我们是超自然能力……也就是说是开发超能力的科学团队。并没打算杀了你。”

“那个……拜托别开玩笑了。”

瞬不由得带着哭腔喊出来。在他的想法中，超能力什么的都只是电影和小说中的内容，可总觉得一旦自己置身于现状，那些就变成现实了吧。

“没开玩笑哦。在你睡着的时候，我们已经给你从腕部注射了名为‘akarudemino’的细胞。”

“啊？”

瞬不由得失声惊呼。慌忙看向自己的手腕，那里的确还残留着被注射针刺过的痕迹。户隐看着瞬的样子似乎很满意，他点了点头继续说。

“‘akarudemino’原本就是你父母创造出来的东西，你没必要那么害怕。”

“到底是怎么回事？”

这突如其来的一句话令瞬几乎不能思考，他感到一阵轻微的眩晕。

“就是我所说的那样啊。你的母亲体内产生了‘akarudemino’，而你的父亲将它人工培养成功了。”

“少骗人……”

“你要认为是骗人的，那随你的便。但是，你父母留下的伟大业绩不容置疑。‘akarudemino’对人类的神经细胞有着极大的影响，具有改变基因的作用。它的效果虽然还没有被完全搞清楚，但可以飞跃式地提高一部分能力。”

户隐把视线转向武藏，给他使了个眼色。

“武藏，让瞬君见识一下你的能力吧。”

瞬带着掺杂了害怕与好奇的眼神看向武藏。接下来，到底会发生什么呢？

武藏慢慢地把身体转向墙壁，轻轻一跺脚，高大的身体就轻飘飘地浮在了空中，从瞬的视野中忽然消失了。瞬环顾整个房间，别说那人的身影，就连气息都感觉不到了。

“你在看哪儿？我在这里。”

没错，那低沉的声音是从瞬的头顶上传来的。那么匪夷所思的……瞬想着抬起头来，就遇上了一道冰冷的视线。闪着妖艳光泽的双瞳微微左右晃动着。瞬试着捏了一把自己的大腿，传来的刺痛告诉他这的确是现实世界。

“你怎么在那样的地方？！”

武藏以双腿搭在房顶灯上的状态倒挂着，就以那样的姿势在空中一个空翻又悄无声息地落到了地面上。在完全感觉不到重力的奇异情景前，瞬吃惊得说不出话来。后面的屏幕里，户隐得意地转过脸来看向他。

“怎么样？很吃惊吧？你原本就拥有资质，开发能力不需要花什么时间哦。”

瞬愤怒地颤抖着，挺直了身体。

“你们竟这样胆大妄为！”

户隐颇有兴趣地盯着瞬，吃惊地看着他，这小子怎么会问这么蠢的问题？

“你不高兴吗？”

“啊？”

高兴？突然被诱拐了，还被注入了叫“akarudemino”的莫名其妙的细胞，没人会对这种事感到高兴吧！瞬目不转睛诧异地看着户隐，但从户隐的表情中并未感受到所谓的恶意，而这个事实才是更让瞬感到十分恐惧的。

“通过‘akarudemino’你能获得了不起的能力，能够成为新人类！那是多么了不起的事啊！”

带着一副陶醉于自己所说的话的样子，户隐站起身来。

“从今天开始，你就要在这里接受训练了。解开瞬君的限制吧，武藏。”

武藏按下了禁锢着瞬的装置的开关，禁锢着瞬手脚的装置松开了。

“训练？”瞬活动着因为被禁锢而有些发麻的手腕。

“嗯。进化所必需的一些训练。即使能力被开发出来了，不能运用自如也没意义。”

“如果我说‘不’的话会怎样？”

“很遗憾，那就只有死了。请不要让我失望。”

户隐从椅子上站起来的同时，影像转换场面，屏幕上再次放映出沙尘暴的画面。瞬在心中拼命反复琢磨户隐的话，他很难冷静地判断自己现在所处的状况。这真的是现实吗？瞬刚抬起头来，隔壁的房间就传来了刺耳的惨叫声。即使不在现场，从惨叫声中也能想象到声音主人的惨状。瞬跑到武藏的身边，不由得抓住了他的衣袖。

“欸，你听到叫声了吧？不去救人吗？”

“那是训练的一种，你没必要担心。”

如果是梦的话，他希望能快点儿醒来。瞬闭上眼睛，用双手捂住了耳朵。将来会有怎样的命运等待着自己，瞬连想都不愿意想。妈妈……回过神来，瞬才发觉自己在无意识中叫了母亲的名字。

“今天好好休息，明天开始训练。”

武藏说着话，把手搭在了门把手上，用身体推开了坚固的房门。武藏身形只一闪，便消失在了门口，房门响起慢慢关闭的声音。瞬突然想到，如果现在跟在武藏的后面不就可以从这道门出去了吗？虽然没有任何依据，但瞬还是无意识地移动着身体。像有电流流窜一样，触电的刺激感游走在身体里。

下一个瞬间，瞬站在了空无一人的走廊上。他吃惊地回过身去，身后厚重的门关得结结实实的。他转动门把手，那扇门纹丝不动。

自己是什么时候出了那扇门的？瞬尽管纳闷，还是把视线投向了走廊上。低低的顶棚上安装着没有灯伞的微型灯泡，散发出朦胧的令人毛骨悚然的光。比起所谓的研究所，这里倒更像监狱。即便侧耳倾听，也只能听到聚集在灯泡上的小飞虫拍打翅膀的声音。这里除了我以外就没人了吗？瞬正这样想着，从走廊深处传来了呻吟声。虽然有一刹那的犹豫，但瞬还是向声音传来的方向跑去。

在那里，跳入瞬眼帘的，是伏倒在地的少年的身影。少年正被体型如熊般的男子拳打脚踢施以暴行。瞬惊得猛然后退了一步，就在那一瞬间，少年抬起头来。肿胀的脸上是成片让人心疼的瘀青，嘴角沾满鲜血，粗重的呼吸声清晰可闻。

“救我……”

少年小声地向瞬求救。那张脸看起来很面熟，瞬自然地向少年的身边靠近。

“你是谁？你认识高诚？”

男人发现了瞬，大声喝问。

瞬目不转睛地看着名叫高诚的少年。这家伙不是日本人吧？

“不，不认识。”

“那就退到一边去。”

男人正要拉住瞬的手，下一个瞬间，瞬以几乎看不见的速度抓住了男人的手，在他自己还没意识到的时候，已经将对方的身体扔向了前方。被抛掷出去的男人口吐白沫仰面朝天昏厥过去。

瞬把左腕搭在自己颤抖着的右腕上。自己的身体违背了自己的意志，失控狂暴了。难道这就是户隐所说的“特殊能力”？长这么大从没打过架的自己，竟然把一个大男人打倒了，简直难以置信。瞬转头看着高诚，小声问道：

“这，是我……做的吗？”

“是啊。你也是超能力者呀。”

“这么说，你也是？”

瞬握住高的手，拉他站起身来，果断地拽着他就走。

“等等，好疼啊！”

“快从这里逃出去！你也被注射了奇怪的药物吧？”

“那是不可能的，我是因为户隐的安排才在这里的。”

高的话让瞬一时有些怀疑自己的耳朵。

“你也是组织的人吗？”

高面部扭曲着笑道：“最初，我的确是被勉强带来的，但现在我非常感谢他哦。我要和户隐一起创造最棒的世界！”

高空虚的眼睛望着天空，那口气明显不正常，“洗脑”这个词从瞬的脑中掠过。

“你说的最棒的世界，是什么样的世界？”

“这个世界纷争太多，从小事到大事……你知道为什么吗？”

高用阴暗冰冷的眼睛直直地盯着瞬，瞬摇了摇头。

“那是因为人类所拥有的能力都差不多，如果我们使用超能力，出现压倒性的优势，再去制定规则，真正的和平才能实现。”

“你认为这样的事情会被允许吗？”

“是否允许，你认为是由谁来决定的？”

瞬一时说不出话来。的确，决定这个世界善恶的，究竟是谁呢？

“这个……”

“看，你答不出来了吧。所以，我们要成为神，来创造规则。”

瞬垂着头，果真如此吗？以特殊能力这种暴力手段统治这个世界，真的能获得真正的和平吗？“我不知道……”瞬小声呢喃。

“没关系。你也会马上和我们一起追求相同的理想的。”

说着话，高转身向走廊深处跑去。

不知何时已经没有了想逃走的想法，孤身一人的瞬，只定定地盯着歪斜的地面。

……

又迎来了清晨。瞬以习惯性的动作收拾完周身上下，环顾四周。还是一成不变的混凝土无机质的房间，三年的岁月麻痹了瞬的感觉，已将这样的空间当作了平常。

屋外隐约传来小鸟的叽叽喳喳声和小河潺潺的流水声。瞬不知道他如今所处的地方是哪里，但估计是个远离人烟的深山吧。

从被诱拐来到今天，整整三年了。在户隐和武藏的指导下，瞬不管是在精神方面，还是肉体方面，力量都有了显著的飞跃。从少年向青年转变的肉体新鲜勇猛，坚硬结实的肌肉块块隆起。

瞬握紧拳头击碎了在正侧面飞着的苍蝇。除了唰的破空之声外，看不见他任何的动作。对于这已经不能用“快”来定义的速度，瞬露出了心满意足的笑容。当初被户隐抓来的时候，他还咒骂过自己的命运，但现在，瞬的想法已经改变了，为了组织他可以牺牲自己的生命。自己确实在进化着，这都是拜户隐和武藏所赐。

瞬为了训练正要出屋，高诚进来了。体型虽然纤细，但兽类般灵活柔软的肉体却散发着目不可见的强大气息。自三年前救了高以后，两人之间就产生了一种看不见的牢固关系。瞬抬起头来看向高。

“到我房间来，还真是少见啊。有什么事吗？”

“我想和瞬聊聊。时间方便吗？”

“嗯……还行吧。”

瞬说着，请高在床上坐下。

高在床上坐下来，玻璃球一样圆圆的眼瞳环顾室内，突然浮起个笑容。

“到这儿已经三年了吧？转眼之间呀。”

“是啊……过得真快啊。那么，怎么啦？”

瞬困惑了，不明白高想说什么。

“瞬君，今天的手术，你决定接受吗？”

听了高的话，瞬沉默了。今天，可以说是训练的最后一个阶段，听说是要被实施特别的手术。是否接受手术，全凭个人判断。

“我打算接受。高不想接受吗？”

“我正在犹豫。”高小声说。

“有什么好犹豫的？接受这个手术的话，能力就能有飞跃式的提升啊。”

“听说，有67%的概率，副作用会对大脑造成影响……”

听了高的话，瞬沉默了。这次的手术如果成功的话，就能实现更深层的进化，但听说这个部分的副作用也很大。似乎感到从身体的深处传来细小的哀鸣声，瞬却仿佛没察觉到似的将其悄悄掩盖了起来。

“当然，我已经有了心理准备。”

瞬像是要让自己振奋起来似的，用干脆爽朗的口气说道。害怕风险是无法达成伟业的。那是来自老师武藏的严厉训诫。事到如今，绝不能逃避。

瞬看向手表，时针已经指向了8点半。手术是从9点开始的。

“快到时间了，我们快过去吧。”

“我还想考虑一下……”高迟疑着。

“好吧，那我先去了。”

瞬说完便离开了，留下高一个人在房间里。内心深处传来“想起来”的声音。这声音从不久之前开始慢慢变大，攻陷了瞬心中的阴影。自己是不是忘记了非常重要的事呢？越是这样想，就越想不起来那究竟是什么事。

瞬按下了电梯的按钮，长长呼出一口气。三年来一直待在

SNP研究所里，他知道两件事。第一是，这个研究所是个四层的建筑，自己现在在2层。2层被划分为瞬他们这些练习生的居住空间，到处都安装着监控摄像头。他们被禁止外出，但1层的日光室内有人工阳光，他们可以24小时享受日光浴，所以并没有什么特别不满的情绪。日光室旁边设有宽广的圆形竞技场，瞬他们就在那里日复一日地接受以体力强化为目的的基础训练和专门的个人能力特殊训练。瞬和高都在特优生范围内，大多时候都接受户隐和武藏的直接训练，特别是兼职照料日常生活的武藏，对于瞬来说就如同是兄长般的存在，变成了他最信赖的人。

第二是，这个设施里有近百名被抓来的少男少女，和自己一样接受着严格的训练。虽然不知道不同国籍的他们是由于怎样的原因而在这个设施里的，但在每天的见面中，瞬对年龄相近的他们产生了亲近感。

电梯来了，瞬按下了3层的按钮。这次进行手术的地方是在三层一个六角形构造的特殊房间里。瞬虽然从没进过这个房间，但他听说过，这个房间整体都放射着特殊的电流。一想到这次的手术能够左右自己的命运，瞬的身体就开始冒汗。

电梯到达3层，瞬习惯性地迈出脚步进入走廊，来到目标房间前。已经有一些人先到了吧？瞬神情紧张地慢慢转动门把手进入房间，昏暗的房间中央摆着七张椅子，已经有五个人坐在那里了。房间里被异常紧张的气氛包围着，让人无论如何也交谈不起来。瞬在空座上坐下来，扫了一眼五个人的样子。虽然感觉在集体训练时曾经见过，但名字和国籍却都想不起来了。不过，在这个房间里的，肯定都是在训练生中拥有超高能力的吧。

房门开了，带着异样压迫感的武藏进入了房间。武藏瞥了他们一眼，目光落在了空着的座位上。

高到底在做什么？瞬悄悄地看向房门，房门发出一声巨响，高一副慌慌张张的样子进了屋。

武藏满意地点点头，慢悠悠地环顾室内。

“好了，人员好像都到齐了。现在就开始为你们实施去除心灵外伤的手术。”

武藏出乎意料的言辞令瞬露出诧异的表情来。

“心灵外伤？”

“就是心灵创伤啊。利用椅子下的装置，现在开始会在你们睡眠中去除心灵创伤。”

“怎么回事？请说明一下。”

对于瞬的问话，武藏点了点头，缓缓开口了。

“曾经有一位名叫戴尔·阿尔贝尔特的德国著名生理学者。你们可能不知道，阿尔贝尔特常年研究蛋白质中的电子和质子，他发现一部分人类的体内除了神经系统和内分泌系统外，还拥有特殊的传递能量和信息的结构。那种传递速度是不可测的，以可怕的速度沿着未知的路径前进，生理学者们之间把它称为‘God’s way’。”

“‘神’……”

就在小声嘀咕那个名称的瞬间，瞬的脑海里突然出现了横穿自己体内的光的隧道的映像。心脏发出激烈跳动的声音，心潮起伏。自己到底在害怕什么？他感到笔墨言辞难以尽述的恐惧正向背后逼近，身体不由得微微颤抖起来。

“这三年来，对你们实施的训练并不只是战斗技巧。这项技术，就是把被‘akarudemino’改变的神经细胞灌输到未知的能量传递路径，就可以以超越人类已知的速度传递信息。”

“那样的技术，并没有传授给我们。”

肤色微黑的少女声音嘶哑地嚷道。房间里的所有人似乎都对少女的话表示赞同，微微地点头。

“这项技术并没有传授给你们。在这里的你们，之所以比其他训练生能力要高强，是因为你们是被选中的人类。”

“被选中的人类？”

“对。正因为你们天生就拥有特殊的传递路径，所以提升‘akarudemino’所带来的能力要比其他练习生高……不过，这种传递路径的拥有者也有弱点。就是都有强烈的心灵创伤。”

“心灵创伤……”

房间里又恢复了安静，大家都小小地倒吸了一口气。

“因果关系我们不清楚，但心灵创伤一定会成为传递路径的阻碍。相反，如果消除掉心灵创伤，阻碍传递路径的东西也就没有了，顺畅的信息速度会得到显著的提升。你们会拥有比现在更高的能力。”

武藏一指椅子旁边装置的头盔，众人便按照指示各自戴上了头盔。头盔沉甸甸的很有分量，里面镶嵌有金属板似的东西。

“当然，这种手术也是有风险的。因为唤起过去的心灵创伤，也极有可能会对大脑造成损害。但是，我还是希望你们能够接受这种手术。”

不知什么时候后背已经被汗水濡湿了，瞬知道自己的身体已经发僵了。

“武藏为什么希望我们能接受这个手术？”

“因为，我希望你们能找回真正的自己，接受真相。”

“真正的自己……”

“对。并且能够用你们获得的强大力量改变未来。”

瞬拼命地想要理解武藏所说的话，但越想却越混乱了。他感到自己忘记了什么重要的事情，但那究竟是什么？真正的自己是什么？和当下满足于这种生活的自己不同吗？改变未来是指的什么事？瞬的大脑中不断浮现出消除不了的问号。

“害怕吗？”

武藏以温和的口气问瞬。

“不怕。”

和他所说的话相反，难以言喻的恐惧包裹着全身，身上冷汗淋漓。的确，自己有短期记忆障碍，每次想想起10岁前后的记忆时，那记忆总是被一层雾霭般的东西包裹着，怎么也想不起来。难道这和心灵创伤有什么关系吗？

瞬咬着唇，迅速戴上了头盔。瞬以外的六个人也同样手法娴熟地戴上了头盔，所有人都看不出一点想把头盔取下的意思。

武藏深深注视着每一个人的脸，一张一张面孔扫视过去，手摸上了安装在房间墙壁上的开关。

“大家看来都准备好了呀，那就开始吧。”

武藏用手刚一按下开关，嘀嘀嘀令人不快的超大音量的声音就在房间里响起了。像用锤子砸碎了一般难忍的疼痛直击瞬的头部，瞬疼得就地翻滚。受不了了……他想着，紧接着却是被不可思议的幸福感包围了，瞬的世界一片空白，意识渐渐远去。

音乐铃声响起的同时，瞬睁开了眼睛，一片熟悉的景象在他眼前展开。是瞬就读的永荣小学的教室前。伴随着“早上好！早上好！”的问候声，孩子们脚步匆匆地进入了教室。我也要赶快坐到座位上去，不然要迟到了，瞬慌慌张张地进入教室，发现自己已经坐在了座位上。瞬停下了脚步，惊讶地张大了嘴。为什么还有一个我？这是梦？这么说来，身体真是非常轻……

瞬这个时候才发现，自己的身体离地30cm左右飘浮在空中。这里不是现实世界，恐怕是作为实施去除心灵创伤手术的一个环节，让他们体验虚拟现实世界吧。

瞬战战兢兢地靠近正坐在座位上读书的自己。他虽然明白，那个表情认真的家伙就是自己，但还是犹豫要不要跟自己打个招呼。这么说起来，自己是从小就喜欢读书的。即便如此，以第三者的视角来看自己，面对那过分认真的样子瞬还是不由得露出了笑容。那本书的封面上写着《三国志》。自己有读过《三国志》吗？瞬正在回忆，比周围孩子的体格都要健壮的，在班里也是核心存在的后藤雄大靠近了正在读书的瞬身边。

“你在看什么呢？”

瞬目不转睛地凝视着雄大。对了，我就是因为这家伙说我长得像女生而被当作欺凌目标的。现在碰上了，一定要用力打。瞬在心中恶狠狠地骂，但还是小学生的自己却神情不安地仰望着雄大。

雄大从自己手里夺过了书，大声念起封页上的书名。

“是《三国志》呀。这个有意思吗？”

“还给我。”

“有意思的话，借给我吧。”

“我觉得就算给你看，你也看不懂。”

年幼的自己从雄大手里夺回书，又哗啦哗啦翻阅起来。雄大的脸像煮熟了的螃蟹似的涨得通红，全身愤怒地颤抖着。

“是吗，别把我当傻瓜！”

“没把你当傻瓜，我只是说事实而已。”

“浑蛋！”

雄大大叫一声，大步向走廊走去。班里的视线都一齐投向了这边，但自己却还是一副事不关己的样子读着《三国志》。

“你喜欢《三国志》吗？”

突然从后面传来一个小小的细细的嘟囔似的声音。瞬的目光投向声音发出的方向，面色苍白的松原隆正站在那里。

“嗯，很有意思。”

小时候的自己冷淡地回答，隆的脸上却绽放出欣喜的神情。

“我也喜欢！”

听到这句话，正在看着一系列光景的瞬的大脑内有什么东西啪的一声绽开了，如水坝溃决般大量的记忆涌入他的大脑里。大脑中弥漫的雾霭散去，被停止的时间又再次流动起来。和隆的记忆在瞬的大脑里鲜明地复苏了。

那天的确是处处蝉鸣的炎热夏日。听说附近在举办旧书市，瞬到会场就缓下了脚步。书市内比想象中的还要热闹，在稍大些的树脂薄膜上挨挨挤挤地陈列着许多书。也许能买到从没读过的名作吧，瞬激动地想。他垂下视线慢慢前行，书名用汉字书写的小说便跃入眼帘。瞬在那个摊位前停住了脚步。对于自己来说，汉字应该是非常熟悉的，但那个被写成书名的汉字却仿佛神秘的密码般让他不能理解。这是什么语？瞬正盯着小说看，突然感觉到正面来的一道视线。视线的另一头是松原隆，正满脸好奇地看着瞬。

“你果然对中国文学感兴趣？”

隆声音急促地问。面对眼熟的脸，瞬感到有些疑惑。

“欸？是在哪儿见过呢？”

“太过分了！我们是同一个班的呀！”

“对不起……我对同班同学没什么兴趣。”

“我，松原隆。两个星期前转学来的。”

“哦，是吗，所以不太熟悉呀。你是从哪儿转来的？”

听到瞬的问话，隆拘谨地沉默了片刻。

“这个问题，不回答不行吗？”

“没什么啦。我并不太感兴趣。”

听到瞬的回答，隆扑哧笑了，脸上露出安心的神情。

“我很羡慕瞬。”

“是吗？”

“嗯，你很自信。”

“反过来说，隆就是战战兢兢的咯？你有做什么亏心事吗？”

“并没有……”

“那就自信些好了呀。”

隆看着地面，似乎在想些什么，之后缓缓抬起头来。头顶上的蝉发出知了知了的鸣叫声。

“那个……瞬君。我有个请求。”

“什么？”

“可以和我做朋友吗？”

瞬和隆之间，流动着沉默。隆的身体微微摇晃着，目光左右游移。怎么能爽快地说出那样难为情的话呢？瞬不能理解，但另一方面又对隆所具有的那种自己不具备的坦率感兴趣。

“朋友，不是靠说的话来确认的吧。”

瞬尖锐的口气让隆低下头去。

“你讨厌和我做朋友吧……”

“靠说话来互相确认的不是真正的朋友……不过，我对隆有兴趣。”

“兴趣？我对瞬君也有兴趣。”

“是吗，那就是我们互相都有同样的感觉咯。”

听到瞬的话，隆猛地抬起头来，脸上绽放出笑容。

自此之后，瞬和隆一起行动的时候就多了起来。

隆和瞬一样，都喜欢小说，尤其痴迷中国文学。瞬对中国历史和文化一无所知，从隆那里借来了中国文学，就着迷地埋头苦读起来，思想驰骋在从未见过的异国土地上。再加上隆常常对自己坦陈心情想法，瞬也开始打开了心扉。

某天放学的途中，隆带着和平时不一样的乖顺神情提出有话对瞬说。

“怎么了？”

“瞬君，你是怎么看中国人的？”

“中国人？”

“嗯。喜欢，还是讨厌？”

看着隆的样子，是从未有过的认真表情。瞬在一瞬间就明白了这个问题对隆的重要性。

“喜欢呀。对于生活在雄伟广阔的土地上的中国人的健壮，我是很憧憬的。希望什么时候能去那里。”

“真的吗？”

“突然这么问，是怎么回事？”

“那个……经常有日本人说觉得中国人不好，所以……”

“那只是一部分傻瓜在网络上胡说八道而已啦。”

“你真的这么认为吗？”

“你也太啰唆了。”

“那个，实际上，我真正的名字叫……张道明。”

那一瞬间，瞬终于明白之前对隆感到有违和感的真相了。所有的点和点都用线连接起来，眼前的迷雾散开了。

“原来是这样。所以你才战战兢兢的呀？”

“因为……”

“好啦。中国人也是一样勇敢的民族，大家并没什么区别。”

“瞬君，谢谢你。”

“以后有了有趣的书，还要借给我哦。”

听了瞬的话，隆用力地点了点头，脸上露出明朗的表情。看着他那异常开心的脸，瞬也自然地露出了笑容。自己有多久没有这样笑过了？一边对隆说着自以为是的话，一边避开与周围有关的事务将自己封闭在壳里。今后也要多笑笑吧……

像是感觉到了瞬的想法，隆迸发出笑声。

伴随着再一次啪的爆破音，大脑里的印象突然转换了场景，瞬站在了操场的屋顶上。火辣辣的太阳照在背部，夺走了体力。视线所及，雄大等四五个男孩子的小团体正把自己和隆围在中间。

这到底是什么状况？和之前感觉幸福满满的记忆不同，这次的记忆对于自己来说似乎是不好的东西。感到细胞发出一个一个危险的信号，瞬不由得紧张起来。

“我看错你了。”

听到雄大意外的说话，瞬皱起了眉头。

“什么意思？”

“叛徒！”

“叛徒？我吗？”

“对，是的。你们是间谍。”

“间谍？”

雄大指着隆冷笑，那张脸上透出残忍。

“这家伙说话的方式，我一直觉得很奇怪。你是什么人？”

雄大皱着眉头蹲下，露出恶意满满的笑容，毫不留情地击打隆的前胸。失去平衡的隆坐倒在地，他抬头望向自己，那双眼睛里渗透出浓浓的绝望之色。

“我，我……”

“快说！”

瞬站出来上前瞪着雄大。

“雄大，开玩笑也要差不多点儿！”

“我可没开玩笑。听说你们是间谍呀。”

“根本不可能是间谍吧。你脑袋没坏掉吧？”

雄大的脸色变得铁青，怒火燃烧起来。

“就是这样……把我当傻瓜耍……你那双眼睛，过去我就看着不顺眼了。”

“我看你也不顺眼呢。”

“这个浑蛋！”

一边大吼着，雄大向瞬身边冲去。咚的巨大冲击撞歪了瞬的身体，被体型庞大的雄大的身体撞上，瞬严重失去了平衡。像是估算好了那个可乘之机，雄大等人抓紧时机向着瞬连连挥拳。瞬拼命躲避着，向屋顶的边缘退去。他背后是为了安全安装的高100cm的栏杆，但那高度是可以轻易跨越的。

“怎么样？承认是间谍了吗？”

“当然不会认的，你这个单细胞生物！”

瞬的话使雄大勃然大怒，用手拧住了瞬的脖子。瞬想挣开雄大的手，但雄大的手却逐渐加大了力气。不反击的话，自己就危险了……瞬正想着，就发现隆正朝这边跑来，那双眼睛里有从未出现过的强大意志。

“放开瞬！”

被隆的声音惊到的雄大放松了手上的力量，与此同时，瞬眼前一只蝉发出极大的振翅声闯了进来。被突然涌上来的恐惧笼罩，瞬反射性地向蝉的方向大幅挥臂。

“不要！”另一个自己大叫的瞬间，他知道，有什么东西撞到了手臂上，从眼前消失而去。

“啊！”

在瞬发出短促的叫声时，隆的身体已经飞出了屋顶的栏杆，如生了双翼的玩偶般飞在空中。雄大像被闪电击中了一样全身僵硬。

“是这家伙推下去的……”

雄大大叫一声的同时，屋顶上的少年们四处逃窜，逃离了现场。瞬呆呆地一步一步靠近栏杆。隆一定还活着。他不可能死了……他这样劝说着自己，却止不住心脏剧烈地跳动。

瞬正要探头向正下方看去时，不知从何处传来男人的呻吟声。他吃惊地抬起头来，不知什么时候周围被黑暗包围了。状况变来变去，让他分不清什么是现实。

尖锐的刺痛穿过了瞬的太阳穴，他听到大脑中传来的声音。瞬发出不成调的叫喊声。再不喊出来他就要发疯了。

“是谁，是隆吗？”

“瞬君……”

“是我把你推下去的吗？”

“不，我只是想救瞬君而已。”

“我能做到的，不管什么事都可以为你做……可以原谅我吗？”

瞬紧紧地闭上眼睛祈祷，周围被静寂包围着。没有什么是我可以为他做的吗？不……一定有一点什么应该是我能做到的。清醒过来的瞬间自己。

“那，有一件事要拜托你。”

“什么？”

“改变未来。”

这怪异的说法令瞬都怀疑自己的耳朵。

“什么意思？”

“如果能够改变未来的话，我就原谅你。”

这句话之后，隆的声音就完全从瞬的脑内消失了。不管瞬怎么呼唤，都感觉不到回应。隆……你到底想向我传达些什么呢？瞬在心中暗暗问隆，但是果然没有得到回答。

瞬摘下头上的头盔，缓缓睁开了眼睛。眼前，武藏正一动不动地凝视着瞬。

“想起来了吗？”

听到武藏的问话，瞬微微点了点头。

“推朋友坠楼的人……是我……”

声音像是挤出来的，这句话一说出口，五味杂陈的感情便似冲破堤坝一般溢出来。是的，隆对于我来说是唯一的朋友。大颗的眼泪自然地从瞬的眼中滚落下来。

“听好了，宫本。过去无法改变，但是我们可以改变未来。”

听到武藏意外的话，瞬抬起头来。武藏的眼睛中似乎有热浪般的光明晃晃地在燃烧着。回过神来，瞬已经靠在了武藏的身边。

“改变未来要怎么做？那个……请教我吧！”

武藏把手慢慢放在瞬的头上，从武藏的大手传来温暖的能量的同时，瞬的眼前轻飘飘地浮起了橙色的光。他想抓住这束光……

就在瞬伸手抓住眼前晃动摇摆的光的瞬间，覆盖在他大脑里的雾霭一样的东西一下子消失了。身体里传来沉醉般的快感。

“感觉怎么样？”

听到武藏的问话，瞬慢慢点了点头。

“我醒过来了。”

瞬在这个瞬间，清醒地意识到了自己被户隐洗脑的事情。

其他的少男少女也慢慢取下了头盔，露出了认真的眼神，收起了呆滞的目光，都是一副恢复了各自意志的神情。

“宫本，你今后打算怎么做？”

面对武藏的提问，瞬的眼神里是满满的决心。

“不管怎样，我都要从这里出去。而且要像隆说的那样，改变未来。”

武藏点头同意了瞬的回答，便开始给在场的少男少女们发黑色的信用卡。放在瞬手上的卡，上面用片假名写着“宫本瞬”。

“这是？”

“你们可以自由使用，没有额度限制。”

瞬盯着卡看，他知道，稳重的黑色赋予了这张卡在信用卡中最高级别的地位。

“为什么给我们这个？”

“首先，我第一次说这些话，但如果你们能把我说的话听完，那就约定了要追随我。”

对于武藏的言外之意，瞬咕咚倒吸了口气。在场的全体人员都安静地点了点头，武藏深呼吸了一下，开始讲话。

“原本，我们的组织是为了阻止第三次世界大战的爆发而成立的秘密机构。当时，我们的目的是使世界的武力值没有差距，并一举汇集起巨大的力量来，但持有过激的上帝选民思想的户隐的出现，使组织出现了分裂。户隐以个人事业的名义成立公司，收购日本的大型制药公司，并从世界各国召集来有能力的研究者们，利用‘akarudemino’着手开发超能力。现在在这里的诸位的父母，都曾是这里的研究员。”

听了武藏的话，在场的全体人员都倒吸了口气。是吗，所以我们都是被选出来的吗？瞬在心中暗道。

“要用这个超能力做什么？”

“一年以后，新加坡将要被作为舞台进行大规模的催眠试验。新加坡国土狭窄，而且人工产物多，是集体催眠的理想场所啊。”

瞬不知不觉地向前靠近武藏，专心听他说话。虽然所说的内容非常惊人，但如果是户隐的话，应该能毫无阻碍地做到吧。这样一想，便不由得感到毛骨悚然。

“目的是什么？”

“为了获取强大的资金来源。如果能控制新加坡这样的国家，世界就能简单地按照户隐的想法改变。”

“竟然会这样！必须要阻止他！”

“对。所以，我选中了你们。”

武藏的视线从屋内每个人的身上一一滑过，每个人都理解了事态的严重性吗？所有人都神情严峻。

“从现在开始10分钟，我会关停研究所内的安保设施装置，你们趁这个间隙逃走。”

“武藏你呢？”

“我要留在这里。”

面对武藏不容分说的口气，瞬不由得退缩了。不管是让自己等人逃走也好，还是让大家留在研究所也好……这个男人所想的事自己什么都不知道。

“您为什么一定要留在这里呢？”

武藏沉默了片刻，用手背揉着右眼下方慢慢向瞬的面前靠近。

“你仔细看看我的脸。”

揉搓的地方浮现出一个星形的红痣。在哪里见过这颗痣呢？瞬突然发出“啊！”的一声短促的惊叫。

“这颗痣……难道……”

“户隐是我的哥哥。”

瞬目不转睛地盯着武藏的脸看。如果不明指出来的话，大概发现不了武藏和户隐是兄弟吧。不论是体型还是长相都完全是不同的两个人，能够把他们联系起来的，只有脸上浮现的星形的痣。正如痣是连接两人的象征一般，都带有红色。

“你背叛他没关系吗？”

“原本，我们有明确的目的，是为了世界和平而集结武力的。可是大哥为了自己的私欲要把一切占为己有……这已经不是我自己一个人可以阻止的了。”

“你劝他也没用吗？”

“劝说过他很多次了，但是，大哥根本不听我说的话。”

武藏认真的表情里传达出非同寻常的决心。恐怕武藏在这个研究所里正进行着不为人知的战斗吧。这种想法也深深地植根于瞬的心中。

“明白了。武藏也要保重啊。”

“好。你们现在，只需要考虑从这里逃出去的事情。不过，离开研究所哪怕一步，你们也会失去所有的记忆。”

“所有的记忆？”

“不想使家人陷入危险之中吧？在一年以后那个时间到来之前，你们要凭自己的力量努力活下去。”

武藏打开了房门，抬手示意他们出去。瞬还有许多问题想要问武藏，但好像没有那种闲暇时间了。

“我们真的可以改变未来吗？”

瞬用认真的目光问武藏。

“那就要看你的啦。”

武藏突然露出笑容来，在瞬的背上推了一把。被武藏触碰到的背部维持着一点点的温度。只要能踏出这一步，自己也许就能再向前进一点吧。瞬做好了心理准备，踏出了房门。

第三章

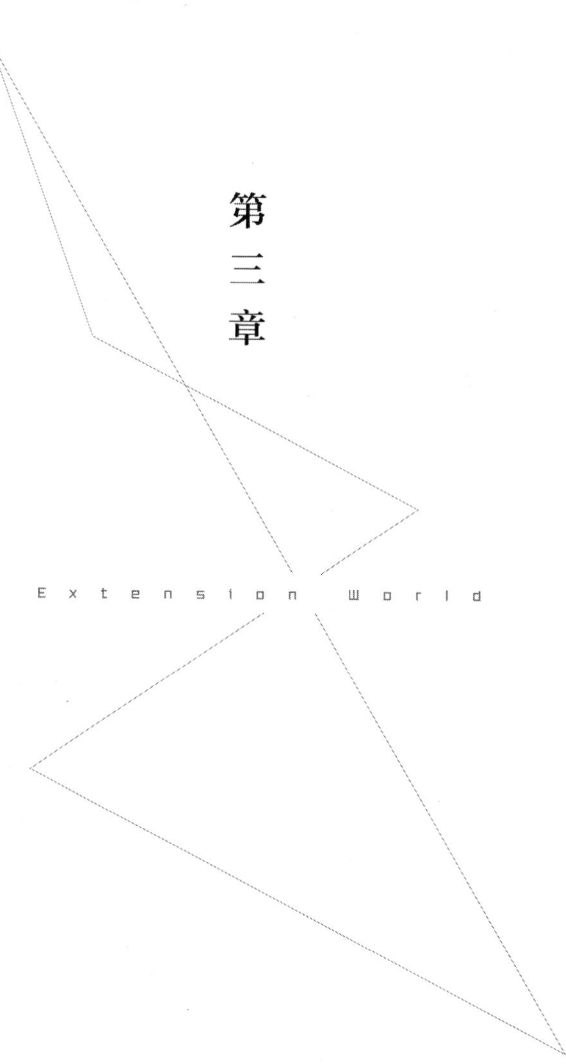

Extension World

在巨大的欢呼声中，瞬把目光投向了站在拳击场上的高诚，被打的右脸颊火辣辣的，狠狠的一拳让他站着都勉强。

“嗨！这回该想起来了吧？”

高诚说着话，慢悠悠地走向瞬。

那动作非常自然，瞬一时间忘记了这是在拳击场上，下一个瞬间高诚又快速出拳了。好快！刚意识到，瞬就又吃了高一拳，倒在拳击场上。

“拿出真本事来呀！瞬君应该比我更快呀！”

高诚很开心似的向瞬做了个来呀来呀的手势。

瞬皱着眉头吐出嘴里的血，微微一笑。

“好久不见了呀！高诚。我全想起来了。”

瞬站起身来，向高诚踢出一脚。轻快的身手令观众们发出感叹声。高诚在千钧一发之际避开了那一脚，吹了一声口哨。

“果然很快呀！”

瞬盯着高诚。没想到一年之后会与高诚在这个地方再相逢，他觉得自己失去的那部分终于找回来了。

“你打了我一拳，我也要还你一拳。”

“瞬君的攻击，我想是打不着我的。”

“你为什么这么觉得？”

“我可以计算出所看到的事物的情况，之后会是怎样的，我瞬间就能知道。所以，瞬君所要采取的行动，也都在我的预料之中。”

“是吗……那么，这个呢？”

瞬双手在颈部结印，以炫目的速度移动到高诚的面前，小腿狠狠地来了一记回旋踢。在骨头响起令人厌恶的声音的同时，高诚单膝跪在了地上，痛楚地呻吟出声。

“好痛……”

“看，怎么样？我打到了吧。”

高诚忽然笑了，抬起头来看着瞬，那双眼睛里流露出怀念往昔的情谊。

“瞬君果然一点儿没变呀！”

“人并不是那样善变的吧。”

高诚靠近瞬的身边，在他耳边小声说。

“虽然还想继续再打一会儿，但这个会场里现在有组织的追兵。”

这里有追兵？瞬环顾会场内，坐在前排座位上身穿套装的长发男人映入了他的眼帘。

“快跑！”

瞬的心脏在响起强烈警报的同时，瞬和高诚飞身跃下拳击场，跑出了会场。会场内的骚动声从背后传来。再也不会登上刚才的拳击场了，自己必须要与这个世界上更加强大的对手对峙。被难以抑制的恐惧感包围着，瞬拼命地追赶着奔跑在眼前的高诚的背影。

瞬和高诚跑上六本木的大街，放缓了奔跑的速度。身后感觉不到追兵的气息了，好像已经被彻底甩掉了。瞬安心地舒了口气，视线转向周围。伴随着都市的喧嚣，刺眼的霓虹灯光照亮了周围。这是一成不变的六本木的风景，是到目前为止瞬的日常中的一部分“过去”的光景。而这样的日常，恐怕今后不会再有了吧。

高诚抬手叫了一辆出租车，两人急忙坐进车里。顺着出租车的车窗向外看，东边的天空渐渐亮起来。光在充满欲望的街道上扩大，黑暗退散。瞬稍微打开了一点窗户，清新的空气涌入车内，瞬看向高诚。

“你很清楚我的住处嘛。”

“瞬君啊，你给身体上了巨额保险吧？我觉得这一点很可疑就查了查，果然就猜中了。”

“保险？给我的身体？”

“大概是俱乐部的经理擅自给你上的吧？”

瞬的脑海里闪过木原带着拘谨笑容的脸。

“可是，我们有必要对战一场吗？”

“唔……普通的重逢太没意思了吧。只不过给了那个俱乐部的经理人10万日元，他立刻就为我安排了比赛。”

瞬不由得露出苦笑。木原含糊支吾安排比赛的理由，原来是这么回事啊。那个贪得无厌的守财奴……瞬在心中小小咂了咂嘴。

“现在就带你去我们的隐蔽处，你也很想快点儿见到想念的伙伴们吧？”

“是当时一起逃出来的伙伴吗？”

“对对！”

“武藏也在吗？”

“怎么会……他表面上还是组织的一员嘛。”

“是吗……”

“瞬君，你先休息一下，累了吧？”

听了高诚的话，瞬慢慢地点了点头。从昨天到今天的疲劳便一鼓作气涌向全身，抵挡不了如铅般沉重的眼皮，瞬在一瞬间便坠入了梦乡。

瞬再次睁开眼睛的时候，出租车已到达了目的地。不知不觉睡着了吗？

在高诚的催促下下了出租车，一栋塔式公寓就跃入了瞬的眼帘，粗略看去有50多层。高诚让瞬跟着自己进入公寓中。入口大厅铺满了大理石，玄关处安装着卡片钥匙开关的自动门。

进入电梯后，高诚按下了顶层52层的按钮，把卡片钥匙覆上按钮下的面板。电梯启动的瞬间，瞬的耳朵里有轻微的麻痹感，电梯很快就到达了目的地。伴随着音乐声门开了，铺着红色地毯的走廊出现在眼前。在这一层楼唯一的一个房间前，高停下了脚步。

“就是这里。”

高找出卡片钥匙打开了门，进入室内。玄关处摆着女性的高跟鞋和男人的旅游鞋，家里突然进来这么多人，瞬有一点错愕。

“快来这边！”

在高诚的声音里回过神来，瞬向客厅里一看，宽大的客厅里沙发上坐着四个男女。四人正轻松地看着瞬。抑制不住油然而生的思念之情，瞬意识到的时候，自己已经冲到了四人的身边。

“瞬君，你还记得大家吗？”

高诚的话让瞬不由得停下了脚步。虽说的确是一起在研究所里待过，但并没有正经交谈过。除了高诚以外，其他人几乎可以说是初次相识吧。

“不好意思，可以为我介绍一下吗？”

“好。首先，这个高个子是德国人布鲁诺，他拥有操控电流的能力，只要触碰电缆和电线，就能顺着电流到那边了解情报，或控制那个地方。”

布鲁诺站起身来，向瞬无声地行了个礼。身高大约有185cm

吧？毛茸茸的红头发，胆怯的神情是他给人的第一印象。腋下夹着最新型的MacBook，看起来在电子机械方面很强吧。

“布鲁诺旁边的韩国人是金俊浩，金俊浩可以轻易潜入别人的思维，能够操纵对方一时的言行。不过，这能力都用在泡妞上了吧？”

“别这么说呀！我可是认真思考过用这能力为世界为人类提供帮助的。”

瞬听到金俊浩的声音吓了一跳。披着美丽长发的金俊浩，怎么看都是个女人。苗条的身材柔软的曲线，白皙的透明的肌肤没有一点瑕疵。在如陶瓷般光滑的肌肤上，配置着接近黄金比例的五官。金俊浩的的确确是位美男子无疑。

“欸……男的？”

瞬不由得说出了自己的心声。金俊浩一副不服气的表情走到瞬的身边，轻轻戳了一下瞬的胸口。

“太过分了！我可是如假包换的男人！”

看着两人的交谈，高诚露出了开心的笑容。

“别看金俊浩是这样的外形，他喜欢的可是可爱的女孩子哟。”

“这样的外形……你这句话很多余。”

金俊浩不满地返回沙发，一屁股重重地坐下。偶然露出的小动作表明他确实是个男人无疑。

高诚环顾了一下四周，视线对上了像个男孩子似的浅黑色肌肤的女生。

“哦，这孩子是……泰国人May。May还不太会说日语，但我们说的话她大部分都明白。对吧，May？”

May连个眼神都没有给瞬，吹着口哨，在手掌上转动着哑铃。瞬向May打了个招呼，May就把手中的哑铃递向了他。女孩子喜欢玩哑铃，还真是令人意外。瞬一边想着，就接过了May递给他的哑铃。瞬间难以置信的重量压上瞬的手腕，瞬大叫一声，太过沉重的分量像是要把他的手压断……

瞬承受不住那个重量，哑铃落在了地上，砰的一声巨响在房中响起，地板被砸出一个大坑来。

“啊……不好意思。我要是先说一下就好了。May拥有控制周围重力场的能力。也就是说，这个30kg的哑铃对于May来说，她的感觉只有300g左右。”

30kg吗？难怪这么重。瞬还发麻的手腕肿了起来，他恨恨地看向May。May一副什么都不知道的样子又拿起了哑铃在手里摆弄着。

“May可以举起汽车，轻轻松松投掷混凝土块哦。所以，千万不要轻率地去拿May拿过的东西。好了……最后，给你介绍我们的最终兵器吧。”

“最终兵器？”

“对！我们这个团队中拥有最强能力的，冈贤悟志君！……咦？不见了？”

高诚环顾四周。就在刚才，沙发的一角还坐着个天真烂漫的少年……瞬正想着，身后传来一个声音。

“我在这里啦。”

高诚和瞬转过身去，一个十五六岁的少年正笑看着他们。比自己等人年纪还要小些吧。还保持着纯真的脸上没有一点邪气，非常招人喜爱。瞬在瞬间就被面前坐着的少年俘获了心神。

“悟志君有什么能力？”

悟志一副认真思考的样子，微微歪着头。

“我什么能力都没有呀。”

“可是高诚说你拥有最强的能力。”

这个少年真的拥有最强的能力吗？瞬用难以置信的眼神看向高诚。

“瞬君不相信我说的话呀。那好，让你见识一下！May，过来一下！”

高诚向May招了招手，示意她把手搭在悟志的肩上。

他们到底要干什么呢？瞬惊诧地关注着事情的动向。

高确认May的手搭在悟志的肩上后，May把手里拿的哑铃递到了悟志的手上。接下来的瞬间，瞬几乎要怀疑自己的眼睛了。悟志纤细的手腕拿着哑铃，像扔小布包一样扔着玩。

“骗人的吧？这真是刚才的哑铃吗？”

悟志把哑铃递向瞬，瞬慌忙拒绝了。30kg的哑铃可不是闹着玩的。悟志看着惊慌的瞬，边笑边轻松地把哑铃夹在腋下。

“我只要接触对方，就能复制那个人的能力。刚才接触了May，所以可以轻松地拿起哑铃。”

“那，你接触我的话……”

“嗯，就能够复制瞬的能力哦。”

瞬再次目不转睛地盯着悟志看。的确，能够复制对方的能力的话，那确实可以成为相当的战力。如果悟志是敌人的话，那再没有比他更棘手的对手了吧。

“怎么样？聚集的伙伴们能力都很独特吧？”

高诚用一副“很厉害吧？”的神情看着瞬。

确实很厉害，自己在拥有独特能力的伙伴们中能很好地混下去吗？瞬正感到有一丝不安的时候，鼻端闻到了一股甜腻腻的香水味。

“我也来自我介绍一下吧。”

转向声音的来处，艾玛正站在那里。

“艾玛不是和瞬君在俱乐部聊过了吗？”

听了高诚的话，艾玛浮起一个妖艳的笑容来，浑身笼罩着春情转过身去。

“那时候都没说上什么话啦。”

艾玛微笑的表情里，有一种难以言喻的杀气若隐若现。虽然之前没有意识到她，但这个女人应该是拥有非常强的能力，这一点很容易察觉到。

“艾玛能够自由控制五感，很擅长侦察。那个……虽然我们几乎没看到过她使用能力。”

斜眼看着苦笑的高诚，金俊浩一副不服气的样子说：“艾玛送个秋波就能立刻从男人那里得到情报。”

“哎呀，说话太过分了！你不受欢迎，可不是我的错。”艾玛说着话，嚣张地横穿客厅，进入了房间。

“讨厌的女人！只有艾玛，我是真受不了她！”

房门关上的声音刚刚传来，金俊浩就开始张扬地说艾玛的坏话。不管怎么看，这群伙伴之间都不存在“协调性”这种东西。

成员间简单介绍完毕，瞬坐在沙发上稍事休息。早上的强烈的阳光照入客厅，手表的指针指向了7点。已经这个时间了吗？忍住哈欠的瞬回过神来，悟志已经坐在了他的旁边。

“哎，瞬君的能力是什么呀？”

冷不防被悟志一问，瞬一时哽住了。

“是很快吧？”

“很快？是动作很快吗？”

“是呀。如果有目标的话，我可以在瞬间移动过去。”

瞬的手一握一张，回首自己的人生。这十年来失去了记忆，和家人也都没有联系，独自一人在东京生活，自己究竟得到了些什么呢？如果说是那个迅疾的速度，那种东西是现在可以立刻就丢弃的。

悟志似乎感受到了瞬的苦恼，闭上眼睛，把手放在了瞬的肩膀上。瞬从肩膀到手腕麻痹如电流通过的同时，悟志的全身剧烈震动起来。悟志的样子和复制May的时候明显不一样，瞬顿时惊慌失措。

“哎，怎么了？你没事吧？”

悟志没有回应瞬的呼叫，嘴角流下涎水来，眼睛直愣愣盯着天花板的一点。

“瞬君！快把悟志的手拿开！”

瞬看向肩膀，悟志的手更用力地抓紧了瞬的肩膀。瞬慌忙甩开了肩上悟志的手。悟志的呼吸立刻平稳下来，眼睛开始恢复了焦点。

瞬刚放下心来，悟志又急急忙忙地靠近瞬，要把手搭在瞬的肩上。

“你要做什么？！快停下！”

瞬一边向后躲，一边再次推开了悟志的手。悟志愣愣地向着空中东张西望，视线游移不定。

“看到了……”

“什么？”

“那个，瞬的家人现在怎么样了？”

房间里所有的伙伴都将视线投向了表情严肃的悟志。虽然不知道悟志要说什么，但瞬心中的不安却渐渐扩大了。仔细想想的话，自己的家人现在在哪儿？在做什么？自己完全不知道。突然，瞬的脑海里浮现出母亲和杏的脸来。

“我不知道。从研究所逃走之后……我就失去了记忆……”

“瞬有个妹妹吧？”

瞬的脑海里浮现出小时候杏的样子来。在瞬的记忆中，杏停留在了7岁的时候。

“啊，我有个叫杏的妹妹。”

“杏恐怕被组织抓住了……”

如遭雷击一般，瞬身体僵硬，冷汗顺着脖子流下。瞬终于消化完了这句话的意思，开口道。

“杏！？为什么……”

“SNP研究所打算利用杏体内自然生成的‘akarudemino’，进行催眠试验。”

难以理解悟志所说的话，瞬呆呆地看着悟志。把悟志的话在心中一字一句地反复琢磨，可悟志说的是什么意思？他还是不能理解。

“为什么是在杏的体内自然生成的……”

说到这里，瞬突然恍然大悟。这么说起来，户隐在母亲的体内生成了“akarudemino”，父亲宣布人工培养成功了。如果这是事实的话，那么继承了母亲遗传基因的杏体内存在“akarudemino”就不奇怪了。

“难道杏的‘akarudemino’是继承自母亲吗？”

“嗯。我们所注射的‘akarudemino’细胞，原本就是从瞬的母亲体内抽出来的。”

父母果然是从事组织的研究的吗……跌落绝望之海，瞬垂下头去。

“对不起……”

瞬并没有对谁说，而是小声地道歉。

“瞬并不需要道什么歉啊。而且，我觉得瞬的体内恐怕也有天然的‘akarudemino’存在。”

“我的身体里？”

听说自己体内原本就存在着“akarudemino”，瞬怎么也不能理解，露出困惑的神情。

“嗯，刚才我碰触到瞬的时候，他的能量非常惊人。不过，还不能和杏拥有的能量相比。”

事态出乎意料地严重。瞬明白已经到了刻不容缓的时候，但他还有一件事要向悟志确认。瞬站起身来，看着悟志。

“我母亲现在怎么样了？”

听到瞬的问题，悟志的表情瞬间蒙上了一层阴影。看悟志的表情，答案已经呼之欲出了，但瞬还是紧盯着悟志等待他亲口说出来。

“瞬君的母亲……我想大概已经不在人世了。”

虽然常有预感，但被人说出来，还是令瞬难以忍受。仿佛广阔的大漠里只剩下了自己一个人，感到无限的孤独和绝望，可奇怪的是他却流不出泪来。也许，是因为自己心中已经有了这种预感吧。母亲大概是被研究所的人杀害的吧。

“是吗……”

瞬转身向大门的方向走去。

“瞬君！你要去哪儿？”

高诚慌忙从后跟上。

“我现在要去长野的白马村。那里应该会有线索。”

“可是，你母亲和杏……不是已经不在那里了吗？”

“我知道。”

高诚说的话虽然有道理，但那个房子里应该还隐藏有自己不知道的秘密。在刚搬到那栋房子的时候，母亲最初说的一段话浮现在瞬的脑海中——

“我发生意外时，打开你爸爸的遗像……”

也许，现在就是那个时候了，一定是。

瞬匆匆向玄关走去，被抱着胳膊站在那里的艾玛挡住了去路。

“你还真是急性子呀。”

瞬对悠闲的艾玛口气焦躁地道：“让开！我有急事！”

“不管什么时候，不冷静就看不清真相哦。”

艾玛侧身闪在了一旁，让开了路。

“真相？什么意思？”

“你没能看到的东西太多了。”

瞬正想反驳艾玛的话，放在裤兜里的手机嗡嗡地振动起来。一看，是陌生来电。这么早，会是谁呢？瞬露出不耐烦的样子，接起了电话。

“嗨！喂？”

“是我。”

“谁？”

“我是奈美子。”

瞬叹了口气。

“你怎么知道我的电话号码？不好意思，我现在有急事，先挂了。”

“等等！”

在奈美子强硬的口气中，瞬停下了挂断电话的手。

“什么？”

“昨天你在俱乐部和中国人对战，后来突然消失了。是不是卷进什么危险中了？我很担心……”

“我没事。好了，我挂了。”

瞬说完正要挂断电话，艾玛飞快地从他手里抢过手机，和奈美子通上了话。

“早上好，奈美子。”

“欸？谁？”

“我现在和宫本瞬要一起去长野县的白马村。欢迎你也一起来哟。”

瞬从艾玛手里抢回手机的同时，艾玛挂断了电话。

“你要干什么啊？”

“我只是给你叫个帮手哦。因为她和我们有同样的气息。”

艾玛穿上高跟鞋，打开了玄关的门。

“哎呀，快点儿！你不是很着急吗？”

瞬就这样莫名其妙地穿上鞋来到了走廊上。艾玛这家伙说的话，让人越想头越大。瞬调整了心情，他觉得现在赶去长野的家比什么都更重要。

奈美子呆呆地盯着被挂断通话的手机。

刚才的声音到底是谁啊？用瞬的手机和自己对话的，是那个比赛之后和他一起逃走的女人吗？一起逃走的中国对手，也是他们一伙儿的吗？奈美子脑海中疑问迭起。

这样想下去只是浪费时间而已，只能照那女人所说的直接去白马村吧。

奈美子打开衣橱，在大提包里塞满了行李。这么看来，自己还真有当跟踪狂的潜质啊。不过，即便这样想，她觉得自己还是非要知道瞬的事情不可。这与其说是恋爱的情感，不如说更接近于强迫症。

房间里闹钟的时针指向了9点半。用手机查了一下去白马村的电车，10点02分有从东京站出发去长野的北陆新干线，时间紧巴巴的似乎卡得刚刚好。她犹豫着是不是应该乘坐下一班新干线，但宫本瞬应该就是打算乘坐这一班新干线的吧。凭着自己的直觉，奈美子抓起手提包，一溜烟地出了门。

瞬坐在新干线的座位上，侧目看着一闪而过的高楼群。重要的人，即便想起了，也都如幻影般从自己面前离去。若要结束自己的孤独人生，唯有一死了之吧。

瞬目光空虚，正陷入沉思中，有人拍了拍他的肩膀。

“旁边，没人吧？”

听到熟悉的声音，瞬抬起头来，眼前出现身穿短裤吊带衫的奈美子的身影。

“不会吧！”

“我可是很擅长埋伏的。”

“真是一点儿也不考虑别人的情况啊。”

“只要我喜欢，就会一追到底。”

面对奈美子认真的目光，瞬突然笑了。刚才一直感到的恐惧和不安，在遇到奈美子满不在乎的明快爽朗后，他感觉抑郁的心情都好转了。

奈美子在瞬旁边一坐下，就从包里取出素描本来。

“瞬和昨天对战的对手，是熟人吗？”

“算吧。以前认识的。”

“作为熟人，你们的样子还真是奇怪。而且，他在瞬攻击之前就避开了呢。”

瞬惊讶地看着奈美子。这个女人能看到我的攻击吗？

“你能看得到？”

“嗯，最近视力异常好。”

奈美子眨着眼睛，长长的睫毛忽闪着。

“我第一次帮你的时候呢？”

“嗯……那时候什么都没看清楚哦。”

到底是怎么回事？如果奈美子说的话是真的，她就是在这几天里发生了什么变化。这么一想，似乎总是能预知自己行踪的奈美子的行动，也是很神奇的呀。

“欸，你现在是在琢磨我的事吧？”

奈美子浮现出一个淘气少女的笑容来，开心地微笑着。

“我呀，从第一次见面就能感受到瞬的引力。”

“引力？”

“对。磁石同伴的感觉！”

磁石同伴这句话，令瞬露出了讶然的神情。艾玛在挂断电话的时候，曾经说过，奈美子有同类的气息。这么说的话，这个女人也是超能力者吧？

瞬侧目看奈美子。奈美子以手代扇啪嗒啪嗒仰头扇着风，完全没有其他能力者异样的感觉。也许是我搞错了？瞬正琢磨着，奈美子一脸认真的表情看着瞬。

“那个，和我通话的女人来了吗？”

奈美子的话让瞬回过神来。

“没来呀。一开始就打算我自己一个人来的。”

“你要去做什么？”

瞬犹豫着，不知道该对奈美子说多少。奈美子如果是能力者，也许还有帮上忙的可能，但如果是普通人的话，就只能惹来危险了。瞬决定说些无关紧要的话敷衍她。

“我去找点儿东西。”

“是吗……”

得到瞬的回答，奈美子并没有继续追问刚才的话题。

不久，新干线沿途的风景从街道变成了山景。旁边坐着的奈美子打起了呼噜，睡着了。

突然，瞬觉得奈美子的睡颜似乎和什么人有些相似，好像在哪里见过，但却想不起来是在哪儿见过了。

也许是感觉到了瞬的视线，奈美子迷迷糊糊睁开了眼睛。

“到了吗？”

瞬从奈美子身上移开了目光，看了下手表。时针指向12点10分，便告诉她还有10分钟左右就到了。奈美子开始整理行李。瞬的目光紧紧追随着那个身影，思索刚才的疑问。

“你没什么想问的吗？”

“什么？”

“你有很多疑问吧？”

“你希望我问？”

奈美子莫名其妙地看着瞬。

“不，也不是这么说的……”

“你希望我问的话我就问，不过你好像并不希望我问。”

果然是个奇怪的女人呀！瞬想。和执着的行动力相反，她有着极其敏锐的直觉。这么说起来，和妹妹杏似乎有些相似啊……想到这里，刚才那种似曾相识的感觉闪现。对了，奈美子是和杏很相似……

瞬再一次看向奈美子。虽然和杏7岁的时候有些差别，但如果杏成年的话，大约会长成和奈美子差不多的容颜吧。

“你的父母呢？”

面对突如其来的问题，奈美子露出了困惑的表情。那双眼睛的深处一闪而过的悲伤之色没有逃过瞬的眼睛。瞬努力克制住自己的身体不要向前倾，紧盯着奈美子。回想起来，最初救助奈美子，也是因为在中野车站见到她感觉和妹妹很相似。为什么这么重要的事情会忘记，到现在才想起来。

“我……没有父母。小时候出交通事故，父母都死了，我是在叔叔家长大的。”

“你叔叔的名字是？”

“你问这个做什么？”

“好啦！说吧！”

“佐伯幸太郎……”

瞬反复在记忆中搜寻，却没有佐伯幸太郎的影子。只是凑巧和妹妹长得像吗……可是，对于奈美子的父母因交通事故亡故这一点，还是无论如何无法释怀。

“那个，马上就要到站了哦！”

听奈美子提醒，瞬向车窗外一看，新干线就要进入长野车站了。瞬慌忙拿起行李，和奈美子一起下了车，站在站台上。

从长野车站继续乘列车前行，到达白马村的时候，已经相当疲惫了，踏足过去生活过的地方，瞬的心中立刻涌上怀念之情。山中吹来清清凉凉的清冷空气，让瞬发热的身体冷了下来。瞬做了个深呼吸，环顾四周。和十年前相比，这里并没有大的改变，只是像要阻止外来者入侵一般庄严屹立的群山令瞬的心产生了强烈的闭塞感。

眼下这一瞬间，有奈美子在真是太好了。瞬斜眼看了一眼心情很好的伸着懒腰的奈美子，急匆匆向自己家里走去。

瞬他们来到家门前，整座宅子如沉睡般安静，过去的家以一种荒废的状态伫立着。壁板到处是快要脱落的样子，屋顶也是随时会掉下来的状态。自己家搬来的时候，就已经是有年头的旧屋了，没有人打理的话，荒废得更快吧。

瞬分开玄关前生长茂密的杂草，拉开已经损坏的屋门进入室内。被寂静包围着的家，散发着一种独特的寂寥感。

瞬和奈美子踩着发出吱吱嘎嘎声音的走廊前行，向客厅走去。客厅还是瞬被拐走时候的样子，一切都还维持原状，没有被人侵入过的样子。

“哎，哎，这是瞬的父亲吗？”

瞬看向奈美子声音传来的方向，奈美子正看着宫本正明的遗像。瞬拿起遗像，噗地吹了口气，吹去上面的尘埃。

“是呀，这就是我父亲。像吗？”

“嗯……和我想象中的人不太一样呀。不过，看起来很温和。”

遗像中的父亲带着病弱寂寥的笑容。母亲所说的遗像，大概就是这个吧。小心地错开相框的金属背板，取出里面的板纸，白色的信封就从里面轻飘飘飞舞落下。这一定就是母亲说的那封信吧。抑制住激动的心情，瞬打开信，令他怀念的母亲的字体就映入眼帘。

“瞬启：

当你看到这封信的时候，我想我已经不在人世了。原本该直接把事情告诉瞬的，可是不知该怎样对你说才好……最终，只能以这样的形式告诉你了，我真是个不称职的母亲啊。总是给你添麻烦，对不起了。

瞬，其实你还有一个和你不同父亲的姐姐。你也许难以置信，那孩子的父亲是户隐。”

瞬仿佛挨了当头一棒，伴随着这样的冲击，眼睛牢牢盯在

“户隐”这个名字上。信中的“户隐”是指的那个“户隐”吗？全身发麻，大脑如想象中般不能运转。恍惚中信笺从手掌飘落，啪地掉在地板上。

“信……掉了哦？”

奈美子客气地捡起信的瞬间，瞬粗暴地劈手夺了过去。不能让奈美子看到。瞬的本能这样告诉他。现在只有先接着看了。瞬做了个深呼吸，再次打开了那封信。

“你知道我和正明是大学的师兄妹关系吧？我和正明在大学时代并没有特别的关系，但在毕业后就职的公司偶然重逢后就自然地开始交往了。我依赖温和亲切的正明，可是心里也许总觉得好像哪里缺少了点儿什么。

就在那个时候，我们所在的制药公司迎来了新上任的社长户隐。面对出身和经历都成谜的男人，我却难忘初次见到他时的冲击……那似有穿透力的目光抓住了我的心。现在想来，那就是一见钟情吧。

不久，就在户隐经常到新药开发研究室来露面的时候，正明决定去作为细胞研究第一人的洪博士那边进行为期两年的海外研修。当时虽未深思，但如今想来，也许是户隐为了让正明远离我而采取的策略吧。

正明不在日本，我也很寂寞，很快就和户隐有了男女关系，一个月后知道自己怀孕了。可是呢……这才是户隐的目的。户隐为了使细胞活化，对我使用了烈性药物，要让我生下带有特殊遗传基因的孩子。真是太过分了！我发觉事情真相时，胎儿已经成长到不能堕胎的阶段了。

我为了逃走，辞掉了公司的工作，也断绝了和正明的联系，独自一人悄悄生下孩子，为了瞒住户隐，把孩子寄养在信任的朋友那里。被孤独、后悔和不安折磨着，就在我觉得自己是不是就要这样死去的时候，正明出现在了我的眼前。正明默默无言地抱着我，说要和这样的我重新来过。那时候，我真的不敢相信。

然后，我和正明结了婚，我的生命里有了你和杏两个不可替代的存在……可是，我的身体里似乎还残留着烈性药物。杏出生后不久，就浑身发热出疹子，我知道杏的身体里有被叫作'akarudemino'的特殊细胞。'akarudemino'对人类的神经细胞有着极大的影响，幼小的杏徘徊在生死的边缘。出乎预料的是，瞬完全没有出现那类症状，也许是有个人差异吧。我苦恼了很久，最后只得向户隐求救。户隐救助杏提出了一个交换条件，那个条件就是'akarudemino'的人工培养。正明在洪博士那里不分昼夜地埋头研究，人工培养得以成功。但可以无限获得'akarudemino'却使户隐的思想变得更加极端了。

那之后，杏总算保住了一条命，我们从内心深处放下心来。就在我抱着淡淡的期待，觉得总算就此可以过上平淡安稳的日子了的时候，正明在家中的被子里突然断气了。被绝望打垮的我亲手为正明做了死因解剖，结果是，我发现他体内繁殖了令人难以置信的数量的‘akarudemino’。那时我第一次知道了‘akarudemino’超过一定的容许量，就会对身体造成伤害或引起不良影响这个事实真相。最糟糕的情况可能就是死亡，甚至还有引起体内爆炸的可能性。

我对于自己的体内可以制造出可怕的武器这件事感到惊愕万分，立刻带着你和杏躲了起来。如果这个发现被知道的话，户隐一定会把我们家作为目标的。如果，现在瞬读到了这封信，那么一定是发生了最坏的情况。客厅的抽屉最下面，有之前救助杏的时候从户隐那里取得的抑制‘akarudemino’活动的药。为了以防万一，这个药要贴身携带。一定能够帮到你的。

最后，你的异父姐姐被寄养在我自小一起长大的好友‘佐伯幸太郎’那里。慎重起见，我在信的最后记下了佐伯先生的电话号码。如果瞬能够见到姐姐，请代我告诉她，妈妈爱她，我会很高兴的。你会觉得我是自说自话，感到哑口无言吧。真是给你添麻烦了，对不起。我是个软弱又愚蠢的女人。好想见到长大成人的瞬……”

母亲的信写到这里就结束了。

瞬把信放在佛龛旁边，茫然自失地看向奈美子。奈美子和自己果然是异父姐弟。虽说在某种程度上已经猜到了，可是从跟踪狂手里救下的女人竟然是同母异父的姐姐，这到底是有多巧合啊？！

“怎么啦？你没事吧？”

奈美子不安地看着瞬的样子。

“没什么……”

话虽这么说，眼泪却从瞬的眼睛里一颗颗滴落下来。

奈美子无言地环抱住瞬的肩头，轻轻把他揽向自己身边，唤醒了瞬过去被母亲怀抱时的记忆。这个动作带着满满的慈爱温馨，所以瞬也很自然地依偎在奈美子身上。奈美子的身体很温暖，散发出和母亲一样的气息，令他怀念。疲劳和倦怠汹涌袭来，瞬慢慢地闭上了眼睛。

奈美子抱着瞬的身体，听着他熟睡的呼吸声。窗外吹进阵阵凉风，就算是夏天，白马村的气温还是比较低的。有什么可以盖在瞬身上的东西吗？奈美子站起身来环顾整个房间。

打开壁橱，里面放着散发着霉味的被子。奈美子皱着眉头把满是灰尘味儿的被子取出来时，发现了里面的相册。

大概是家庭相册吧？被想看看小时候的瞬的冲动驱使着，奈美子伸手拿起了相册。翻开页面，是幼小的瞬羞涩地摆着姿势的照片。天使般可爱的脸，眼睛正直直盯着奈美子。从小就这么漂亮啊，带着微笑翻开下一个页面，奈美子的手停住了。因为在四人的家庭照片里，有一个人很眼熟。

“这个……是我？”

奈美子凑近相册，仔细地看了几遍。宫本家的家庭照中，有个和奈美子一模一样的少女。从面部五官到细微部分，那个少女都和奈美子极其相似。这恐怕就是瞬的妹妹吧，为什么会和自己这么像呢？这也太不可思议了吧。

奈美子的心中闪过不祥的预感，视线移向了刚才的佛龛，瞬读过的信还放在那里。读了那封信之后，瞬的样子就变得奇怪起来了。作为外人的自己擅自看别人的信件合适吗？一边想着，奈美子的脚却自然走向了佛龛。看起来很温和的男人，正在相片中凝视着奈美子。

回想起来，自己几乎没有对父母的记忆。懂事时，从叔叔佐伯那里听说了自己的父母死于交通事故的事。母亲和父亲究竟是怎样的人呢？

就在这时，从窗外突然吹进一股风，信纸飘落在奈美子的脚边。感觉就像这封信在呼唤自己。奈美子蹲下身捡起那封信，瞬间觉得有什么不明真相的东西爬上了自己的背脊，毛骨悚然的感觉袭来。她感到全身的血色都褪去了。觉得如果读了这封信，就再也回不去了，但奈美子还是慢慢展开了信。

瞬睁开眼，周围被黑暗包围着。他发觉自己身上盖着毛毯，这么说来，奈美子到底跑哪儿去了呢？纵览悄无声息的房间，瞬发现自己的身边摊开摆放着刚才的信和旧相册。

莫非奈美子看过信了吗？血色一下子从身体上褪去，瞬才明白过来。他恨自己没有立刻处理了信件，但后悔已经迟了。

瞬再次打开信件，掏出手机，按照信上写的号码拨过去。他有必要仔细向佐伯先生询问一下。

嘟噜噜噜的拨号音响了几次之后，一个男人接了电话。

“喂，是佐伯先生家吗？”

“哦，是的，请问是哪位？”

男人以优雅有礼的语气回复瞬。冲动之下拨了电话，但要到底要怎样说明才好呢？要根据佐伯知道多少真相来定要说的内容。

“我是宫本瞬。宫本政子的儿子。”

听筒里传来屏住呼吸的声音，之后便是短暂的沉默。

“是瞬君吗？”

“是的。佐伯先生，可以把您知道的事情告诉我吗？”

“那个……你说的……是什么意思？”

佐伯的说话语无伦次，措辞模糊。

“就是字面上的意思。”

“拜托了，请把真相告诉我。”

瞬声嘶力竭地请求佐伯告知真相。

“政子还好吗？”

对于佐伯的问题该怎样回答呢？瞬犹豫了，他觉得应该据实相告，便把发现母亲信件的事告诉了佐伯。

“这样啊……那，奈美子的事你也知道了吧？”

“嗯，知道了。”

“奈美子在你那里吗？”

“刚才还在，现在不在。”

奈美子大概是读了那封信，她一定是知道了什么吧。旁边放着的相册，她大概是看到了和自己长得很像的杏的照片吧。可以轻易地想象出，奈美子受了相当大的打击。

感觉到听筒那边佐伯做了个深呼吸，瞬的身体紧绷起来。

“是啊……奈美子是我从政子那里领养来的孩子。政子从小就是才貌兼备的美人……我一直想亲近她。”

“妈妈知道佐伯先生对她的感情吗？”

“我有些胖，长得又难看。对她的感情是怎么也说不出口。后来，我和现在的妻子结了婚，但并没有孩子。所以，就在我们商量要收养个孩子的时候，碰巧了。”

“所以，你们就收养了奈美子。”

“对。我和妻子都是把奈美子当作自己的孩子来抚养的。”

“这件事，奈美子……”

“当然不知道了。我告诉她，她的亲生父母都因为交通事故去世了。”

“明白了。谢谢您告诉我这些。”

“奈美子还好吧？那孩子虽然坚强，但是很敏感……请多照看些。”

瞬紧紧地握着手机。

“她没事。我会保护奈美子的。”

瞬以坚定的口气说完，挂断了电话。

必须尽快找到奈美子。她就这样一个人待着的话，作为户隐的亲生女儿，奈美子遇到危险也是早晚的问题。

瞬环顾整个房间，向电话旁边的小抽屉走去。母亲的信上写了，在抽屉的最下面有抑制“akarudemino”的药。真的有那样的药存在吗？瞬将信将疑地弯下腰去，拉开了最下面的抽屉，那里放着一个小铁盒。

“是这个……”

小心翼翼地打开铁盒，里面装着数十粒药片。母亲所说的药大约就是这个了吧。今后，这个药肯定会成为自己的生命线的。瞬把小铁盒装进兜里，迅速站起身来。

瞬打开大门出了门，清冷的山间空气抚摸着他的脸。抬头仰望天空，星星眼看就要落下似的灿烂夜空就近在眼前。无数光线色彩不同的星星镶嵌在夜空里，像是在诉说着什么，闪烁着光辉。妈妈一定就在这颗星球的什么地方。

“妈妈……”瞬轻声地呢喃，紧紧地握了握拳头。

奈美子清醒过来时，发现自己正独自一人走在夜路上。这是哪里？自己到底是谁？应不应该看那封信？各种各样的情绪在心中如突然刮起的风暴般席卷而来。一直以来听说的，都是亲生父母因交通事故身亡，而事实上他们还活着，并且还打算利用“akarudemino”这种细胞支配世界。

奈美子干笑了两声。如果不出声的话，脑子似乎就要坏掉了。

突然发觉，放在包里的手机正在振动，看来电显示是“宫本瞬”。瞬是和自己有血缘关系的弟弟呀？奈美子呆呆地看着来电显示。刚才独自一人从家里出来，大概是他担心了吧。奈美子拿起手机，放在了耳边。

“喂？”

“你现在在哪里？”

隔着电话听到瞬的声音，奈美子的心脏怦怦直跳。今后到底要以什么样的面目来见瞬呢？

“正走在路上。”

“哪里的路啊？能看到有什么标志吗？”

对着拼命呼唤自己的瞬，奈美子不由得攥紧了胸口。如果什么都不知道，就能平平稳稳地活到死吧。但是，已经这样了，也没有办法。奈美子决定顺从命运的洪流。

“我看了信。我，好像是瞬同母异父的姐姐。真没想到，自己有这么大的弟弟和妹妹呀。”

奈美子故意用玩笑的口气，试着将事实告诉瞬：“瞬一定也发现我看过那封信了吧。”

“嗯，刚才我给佐伯先生打电话了。”

“是吗……”

佐伯和善的圆脸浮现在脑海中。接到瞬的电话，他大概很无措吧。对于把自己当作亲生女儿般照顾的佐伯夫妇，唯有感谢。进入东京的大学后，和他们的联系次数就变少了，但回乡的时候他们总是满面笑容地迎出来拥抱自己。

“你们说了什么？”

“他问奈美子好不好……”

奈美子看着夜空里明亮的满月，露出一个笑容来。是啊，不管什么时候都要精神饱满地笑……越是那样想，大滴的眼泪就越是违背了心意顺着脸颊流下来。

“是吗？让他担心了。”

“你现在在哪儿？我去接你。”

“我没事，瞬自己回东京吧。”

瞬的话还没说完，奈美子就挂断电话，并关了机。不能再让弟弟卷入危险中。奈美子从口袋里掏出户隐的照片来看着。那是相册的最后一页上贴着的照片，一眼就能看出，这个男人是自己的父亲。母亲虽然知道被利用的事，但她还是从心底爱着这个男人的吧。

残酷的命运正把自己扯进来。父亲开始的事情，就由作为女儿的自己来结束吧。奈美子倔强地凝望着在自己眼前延伸的夜路。

瞬站在白马车站前，深深叹了口气。打了几次电话，传来的都是对方已关机的提示音，奈美子似乎不想接电话。到底在哪里，在做什么？瞬开始感到不安的时候，手机响了。

“喂喂？奈美子吗？”

“欸？瞬君，难道你和女人在一起？”

“什么啊……是高诚啊。”

听到高诚那傻乎乎的口气，瞬忽然露出了笑容。爽朗的声音，单纯的话语，高诚在这个时候出现，真是谢天谢地。

“没你这样说话的吧！”

“好了好了，你有什么事啊？”

“瞬君现在是在长野吧？”

“是啊。有什么事吗？”

“那好，我们也要过去那边，你就在那里等着吧。”

“‘我们’？你是指公寓里的成员们？”

“是啊。武藏来消息了，让大家在白马村集合。”

“武藏的消息？为什么要在白马村？”

“谁知道呢。武藏的事情，他大约是有什么想法吧？”

瞬对高说的话有些疑虑。想法到底是什么呢？冷冷的夜风刀割般从瞬的背后刮过的同时，脑内有轻微的刺痛穿过。

“瞬君……听得见吗？”

“啊，不好意思。”

“你没事吧？声音听起来不大对的样子。”

瞬微微摇了摇头，想甩开违和感的来源，但难以言喻的不安却在身体里流窜。

“你是怎么和武藏联系的？”

“武藏有超能的知觉力，可以向我传达意念信息。”

“意念信息？”

听到从没接触过的词，瞬一瞬间有些怀疑自己的耳朵。

“意念信息是心灵感应的一种。不用说话，就可以向远方的人传达自己的想法。”

“太厉害了……那种事可能吗？”

“武藏不仅战斗力惊人，而且他的感觉能力也特别强大。不愧是甲贺忍者的后裔，出身就和我们不一样呀。”

“忍者的后裔？”

听到意外的消息，瞬不由得抬高了声音。

“欸？瞬君，你不知道吗？就因为户隐和武藏都是甲贺忍者的后裔，所以他们擅长被称为忍术的武术、情报收集术、药学、游艺、兵法和咒术这些啊。”

“这样啊……”

回想过去，瞬发觉户隐和武藏的身体素质的确高于普通人的水平。还记得第一次见面，就有种被武藏读取内心的错觉，而他实际就是读了吧。

“高诚也有意念信息的能力吗？”

“嗯，接收信息的话，谁都可以啦。”

“欸，是这样的啊……”

“好了，再接到信息再联系。”

瞬对于高挂断电话产生了一种不安。这种心惊肉跳的感觉是什么呢？他感到胸中突如其来的黑暗情绪侵蚀着身体的内侧。

瞬预订了附近的商务酒店，决定今天就在那里住宿一晚。狂风暴雨般的一日如汹涌的波涛般过去了，身体里沉重的倦怠感袭来。他现在什么也不想，只想睡觉。但这只是奢望，在这一点上瞬比任何人都明白。

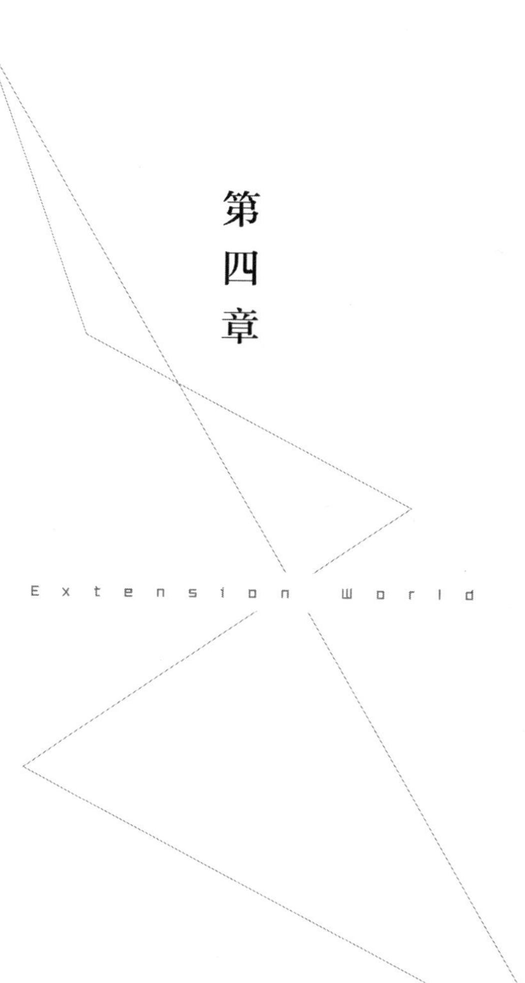

第四章

Extension World

武藏在散发着混凝土味道的房间里醒来。房间里漆黑一片，所有的光都被遮住了。他的身体被固定在椅子上坐着，处于完全不能动弹的状态。

武藏立刻察觉到这是一间审讯室，放弃了所有的抵抗。全身软弱无力，头脑像笼罩在雾霭中一样昏沉沉的。自己大概是被用了肌肉松弛剂吧。这样别说使用超能力了，就连身体动一动都做不到。武藏曾经无数次作为审讯方使用过这个房间，但作为被审讯方进入这个房间还是第一次。

脚步声从远处传来。武藏专注地感受着。现在这种状况是绝望的没错，但他还不能舍弃希望。

门开了，随着细微的光线进入房间的是某个人的人影。他眯起眼睛细看，但还是不知道那到底是谁。

“谁？”

就在武藏说话的瞬间，刺眼的强光突然在整个房间亮起，武藏尖叫了一声。眼睛灼烧般的疼痛，仿佛眼睛里被强迫塞进了一颗巨大的钻石，如被挖出般的疼痛和闪光交替袭击着。

“怎样？能看清我的样子吗？”

听着熟悉的声音，武藏很惊愕。声音的主人一定是SNP研究所的2号人物张平，张平是擅长催眠的能力者的同时，其残忍的性格在组织内恐怕也是极有存在感的。如果来的是其他的能力者，也许还有过关的可能，但对手是张平的话，那就不好对付了。

“你为什么会在这里？你不是该和大头目一起在中国吗？”

武藏维持着闭眼的状态问张。稍微睁开点眼睛的话，必定会失明。

张平以发出捉弄似的干笑声，靠近了武藏的身旁。

“为了处置叛徒，我特意从中国来的。我感到非常荣幸。”

“我什么也没做……”

“别装傻辩解了！”

张平轻哼一声，狠狠甩了武藏一记耳光，冲击延伸至脑部。武藏忍着剧痛，拼命咬紧了牙关。

“没辩解，我说的是真话。”

“我认为你是个有能力的人才。实在是可惜了呀！”

他说着话，毫不留情的一巴掌又甩在武藏的脸上。武藏口中的血腥味慢慢扩散开来，就在疼得快晕过去的时候，照射着他的强光突然减了亮度。

“你要是晕过去了，可就太没意思了。看吧，睁开你的眼睛！”

武藏慢慢地睁开眼睛，台子上摆列的拷问器具就映入眼帘。虽然是预料之中的，但一下看到面前摆列的器具，他还是感到背心发寒。

“我准备了许多有趣的玩具，这些东西应该能让你满足吧？”

张平的眼睛里闪烁着残忍的光，盯住武藏。苍白的光头上，隆起的新鲜疤痕像鲜活的鲇鱼一样。武藏没有移开看着张平的眼睛，露出个坚强的笑容来。

“嗯，太满足了！”

“希望你之后也能这样耍贫嘴。”

张平把尖头的冰镐一样的东西拿在了右手里，靠近了武藏的脸颊。轻轻地扑哧一声在耳边爆开的瞬间，脸上便传来了被戳破一个洞一般的疼痛，武藏的上身剧烈摇晃着，发出不成调的叫声。

“疼吗？可是，被你背叛的大头目的心上的伤更疼呢。”

似乎不把猎物逼到绝境再杀死他就不快乐，张平左手拿起一把小型的锯子压在武藏的脸颊上。如被闪电击穿般的剧痛，武藏已经疼到叫不出声了。汗流如瀑滴落下来。

“我是欣赏过武藏的哦。”

“那谢谢你了。”

“所以呢，这种事，我真的不想做。”

不管对方怎么说，现在必须要想办法争取时间。武藏把满是鲜血的脸朝向张平，往地上吐了一口唾沫。

“有证据吗？”

“证据？那种东西没关系吧。只要大头目说你是黑的，即使你是白的也会变成黑的。”

“反正就是唯大头目的命是从吧。”

武藏痛苦地歪着脸笑了，张平的眉毛抽动了一下。

“并不是唯命是从。我以我的方式追随大头目。”

“世间把这叫服从。”

张平抱着双臂似乎在思考着什么，突然嘴角上扬笑了。

“你挑拨我是想干什么，想让我放你逃走吗？”

“我没想过那种事。”

“你还是那么冷静啊！这种冷静的态度，真令人不爽。”

张平焦躁地在房间里踱步。

“大头目是怎么说我的？”

“武藏负责的实验体，有7名从研究所里逃走了。而且全是特A的实验体。”

“那和我没关系。不正是因为是特A实验体，才能够自己从研究所里逃走吗？”

听了武藏的话，张平露出一副原来如此的表情来。

“嗯……确实，武藏所说的话也有一定的道理。”

这么说着，张平像忽然想到了什么似的拍拍手，对武藏露出了孩子般纯真的笑脸。

“我想到了！让你杀了他们就好了。”

“我？”

“对啊。这样的做法更有戏剧性，而且被杀死的一方也会感到高兴吧。”

听到张平说的话，武藏露出“完了”的表情。事情继续向糟糕的方向发展。

“对吧，高兴吧？”

张平用双手捧起武藏的脸，长长呼出一口气的瞬间，武藏感觉自己的意识渐渐地远去了。这样下去，身体会被张平催眠控制住的。虽然他想使意识集中起来，可是身体却使不上力。

无论如何要争取时间。

“让……让我来告诉你一些好消息吧……”

武藏挤出剩余的最后一丝力量，在他快要昏过去之前一阵低语。

“想要活命吗？”

“死并不可怕。”

“嗬，是吗？那就好了。那么，你想说什么？”

张平扬起眉毛，意味深长地看着武藏。

“你所崇拜的户隐的秘密。”

“你觉得我会信你说的话吗？”

张平歪头笑着斜睨武藏。

“是啊，你会信的。”

武藏用手腕使劲擦了一下右眼的下方，一颗星形的红痣浮现出来。武藏在赌运气，张平会听自己的话。

“这颗痣，眼熟吧？”

张平睁开眼睛，凝视着武藏的脸。

“这颗痣……”

“因为户隐是我哥哥。”

武藏没放过那一瞬间张平受到冲击的表情。张平如被浇了一盆冷水，移不开眼睛。

“你说谎……”

“是真的。我的血液里也流着和户隐一样的血。”

张平先是扯起一个笑容，突然捧腹爆笑起来。

“这可真是杰作啊！真是杰作！”

“张平，求你。放了我。”

“你等等。”

张平低下头，仿佛压制笑意般沉默了数秒。接下来，张平抬起头时，脸上的表情却似换了个人般冷酷。

“我还以为你要说什么呢，原来是这么无聊的废话……”

声调和说话的方式都明显地和刚才不一样。武藏直觉地知道，张平的意识已经被户隐侵入了。

“是哥哥吗？”

“因为是弟弟，就可以轻视我愚弄我！”

听到户隐的话，武藏的身体起了痉挛的反应。

“你知道了吗？”

“嗯。我发现了你偷偷摸摸做的事，但没想到，你竟要杀了自己的亲生哥哥……”

“我没想杀你！我只是……”

“你不用辩解了！”

户隐严厉地打断了武藏的话。强烈的憎恶之意从言辞的细微处流露出来。

“不，请听我说！”

“我可不承认你这个弟弟。你背地里谋划叛变，到底想要做什么？给我制造麻烦你就那么高兴吗？”

“我不是都说了很多次了吗！哥哥要做的事情是错误的……可是，哥哥对我的话一概不听。”

户隐在武藏面前举起双手，眼睛里燃烧着怒火。

“那种话我已经听腻了。作为叛徒，就请你完成你的使命吧。”

突然，头部像遭到了锤子的重击，武藏感到意识被巨大的波涛疏通了。在微薄的意识中，武藏祈祷着哥哥能够幸福。为了哥哥，自己到底能做些什么呢？没能阻止哥哥在错误的道路上继续前行，结果自己成了背叛者的形象，武藏感到深深的自责。父亲，母亲……就在他正向心中的父母倾诉的瞬间，仿佛咔嚓按下了快门一般，他的意识被折断了，武藏沉入了黑暗之中。

瞬在风格简易的酒店里登记以后，便在房间的床上呈大字状躺下来。早上清新的空气摇曳着窗帘，他望向窗外，朝阳正在升起。最终还是没能睡一觉，一个晚上就过去了。身体像灌了铅一样沉重，头脑运转不灵。他确认了身边手机上的来电记录，果然还是没有来自奈美子的联系。

慢慢坐起身来，随着门铃声响门开了，高诚充满朝气的声音在房中响起。

“瞬君，睡好了吗？”

跟在高诚身后进来的是布鲁诺、May、金俊浩和悟志。并没有艾玛的身影。

“艾玛没来吗？”

“在下面喝咖啡呢。”

“还是那么自由散漫啊。”

瞬小小地叹息一声，真是个不听话的女人。

“别管她了，你脸色不好，没事吧？”

“嗯……那个，还好吧。”

瞬含糊地点了点头。他犹豫了一下，不知是否该说，但还是觉得有必要告诉他们在自己家得到的信息。奈美子是户隐的女儿，也是自己同母异父的姐姐，瞬简单地把事情告诉了众人。就连一向废话连篇的高诚，这次也认真地听着瞬的话。

瞬的一番述说终于完了，高诚开口道：

“我觉得这未免也太巧了，可是……”

“我也这么想过。”

“奈美子不会有什么黑幕吧？在谋划什么呢？”

瞬的心中也考虑过这种可能性，不过马上又打消了。

“我认为奈美子什么都不知道。”

“这只是瞬君的愿望吧？”

高诚锐利的目光看向瞬。瞬追寻着记忆试着在脑中描绘奈美子的样子，但在那笑容中一丝杂念也没有找到。就算是愿望也好，瞬觉得自己想相信奈美子。

“那家伙不是那种女人啦。”

“那她为什么会失踪？”

“这个……”

瞬一时语塞。的确，奈美子为什么要从我面前离开呢？也许在那封信以外还有其他的线索吧。我是不是该再回家一趟呢？瞬正考虑的当口，悟志慢慢地开口了。

“奈美子知道户隐的事。而且，她拥有凌驾于我们之上的能力。她自己好像还没察觉到，但和瞬接触以后她的力量增强了，这一点是毋庸置疑的。”

瞬点头认可了悟志的话。正如他本人微微感觉到的一样，奈美子拥有的能力自从和自己相遇以来，的确有了飞跃般的增长。只是，知道户隐的这件事是个意外。

“奈美子真的知道户隐的事情吗？”

“嗯，因为她有户隐的照片。”

“照片？”

“政子女士好像在相册里夹了户隐的照片。”

知道母亲存有户隐的照片，瞬受到了打击。对于母亲来说，户隐这个男人到底是怎样的一种存在呢？也许在母亲的心中还有对户隐割舍不下的爱憎旋涡吧。

“是吗？可是，她到底想用那张照片做什么呢？”

“这一点，我也不清楚。不过，有种不祥的预感。”

“哦，是吗。”

照入室内的阳光刚才突然消失了，同时从远处传来雷鸣声。窗外灿烂绚丽的朝霞一变，浓厚的灰色雨云正在迫近。

瞬又转过身来看着高诚，问他和武藏有没有再联系。原本大家聚集在这里，都是应了武藏的召唤。虽然奈美子行踪不明很让人担心，但现在最要紧的是先救出杏。如果组织施行了集体催眠的话，世界的秩序一定会崩溃。这件事是必须要阻止的。

瞬让高诚集中意识接收武藏的讯息，却怎么也接收不到。高诚紧紧地皱着眉头。

“不行吗？”

“嗯……好像和平常有什么不一样呀。”

“什么不一样？”

“信息倒是接收到了。说是，让我们正午到唐松岳山顶来。”

“唐松岳？现在开始去爬山？”

“好像是这么回事。”

“为什么要去唐松岳……”

“武藏以前从没用这样的方式发过这种信息呀。”

高诚独自歪着头自言自语地嘀咕。

窗子传来啪嗒啪嗒的声音，激烈的雨点打在窗上。瞬想，在这样的雨中爬到山顶可是极难的事，连撑伞都困难吧。

“真的要在这种天气里去爬唐松岳吗？”

“是武藏说的，全员一起来。我们只能去了呀。”

高诚放弃似的举起了手。瞬看了一圈在场的众人，大家虽然不满，却都赞成高诚的样子。

“就算去爬山，这种天气缆车和登山电梯都没开，现在才开始去爬，正午肯定赶不及啊。”

“那倒没什么。反正有布鲁诺在，缆车和登山电梯都能发动起来。”

高诚对着布鲁诺说，布鲁诺轻轻地点了下头。

“交给我吧！”

放在床边的电子表显示，已经是7点50分了。的确如高诚所言，如果能开动缆车或登山电梯的话，也许还来得及。比起就这样待在这里，还是行动起来比较好吧。

瞬整理了一下行李，在T恤衫的外面罩上了比较薄的防雨风衣。虽是轻装，但没办法。

“好了，出发吗？”

就在瞬他们准备好了正要出门的时候，这个房间的门开了，艾玛走了进来。

“哎呀，现在就要出发吗？你们要小心哦。”

细高跟鞋配迷你裙的艾玛，站在那里挥了挥手。一身和白马村格格不入的装扮，令瞬不由得笑了起来。

“什么嘛，这副打扮，你是不打算和我们一起行动吗？”

“嗯，因为我讨厌山。”

艾玛扭头转向一边。金俊浩一副难以理解的表情睨着艾玛。

“真是的，都是因为这个女人，步调全被打乱了！”

“那么你也像我一样不就好了吗？”

“你想做什么？不想干的话就请自便吧！没你我们也能阻止组织的暴行。”

“我才不管组织怎么样呢，这个世界变成什么样都与我无关。”

艾玛那无所谓的口气令当场的空气都凝固起来，她快乐地环顾了一圈，露出个妖冶的笑容来。

瞬愕然看着艾玛。

“那，你为什么在这里？”

“当然是为了武藏啦。”

艾玛用手指卷弄着漂亮发型的发尾，以一副玩笑的口吻说。

瞬不明白艾玛说的是什么意思，露出愕然的神情。

“你说的是玩笑话吧？”

“可不是玩笑哦。我一向都是很认真的。”

察觉到瞬和艾玛之间的危险气氛，高诚急忙介入两人之间。

“好啦好啦，两个人都冷静点儿，嗯？艾玛待在这里就好了，我们这就出发吧。”

“是呀，快走吧！”

对艾玛说什么都没用吧。瞬深深叹了口气，脚步沉重地走出房间。

瞬一行人来到外面，雨点从旁边吹打在瞬的脸上。远处传来的雷鸣声，似乎比刚才又近了一些。如果只是自己一个人的话，可以使用能力移动到达，但是现在和这些同伴们一起行动，就必须避免引人注目地行动了。

瞬他们来到车站，坐上了开往白马八方的巴士，几个人都默默无言地坐下。乘客除了自己几人外几乎没有人，车里空荡荡的。

突然，看到前排座位上的布鲁诺打开了MacBook，瞬从后面窥见电脑的画面，一些什么文字堆砌排列着。

“你在做什么？”

瞬的声音令布鲁诺吃了一惊，回过头去。

“你说这个吗？”

布鲁诺指着电脑画面问，瞬点了点头。

“用汇编语言制作病毒程序。”

“病毒？你做这个做什么？”

“算是爱好吧。我喜欢写程序。”

“实际上你并没有散播出去吧？”

“我才不会干那种事，只是制作而已啦。”

布鲁诺说完，又转头默默地去写程序了。

不是理科出身的瞬，对于制作病毒有什么乐趣，完全不能理解，但对于目光专注的布鲁诺来说一定是很快乐的爱好吧。瞬就要收回视线的时候，突然又问道：“那个，这种病毒能偷到个人信息吗？”

“那是小意思啦。”

布鲁诺带着疑问的表情看向瞬。

“那，把病毒植入组织的数据库呢？”

“当然可以。”

瞬向布鲁诺道了谢，又恢复了姿势。

对方对于我们的情况了如指掌，我们这方对于组织却太无知。信息量严重不对等的现在，如果能用布鲁诺制作的病毒盗取组织的数据，也许能得到什么制胜的关键信息。

就在瞬考虑成熟的时候，巴士已经到了终点站。众人在瓢泼大雨中下了巴士，便被包裹进了不知是云是雾的白色气体中。高边用手拂着眼前的气体，边抱怨道：

“到处都是雾气，什么也看不见啊。”

瞬在学生时代也登过几次北阿尔卑斯山，但在像这样的坏天气中登山还是第一次。雨水沾湿了防雨风衣，贴在身上愈加地令人不快。瞬他们一行人从巴士终点站向八方的登山缆车八方站走去。

“风变大了呀……”

悟志不安地小声说。像触了北阿尔卑斯山山神的逆鳞一般，激烈的雷声轰鸣。在仿佛从地底发出的轰鸣声前，令人不由得身体发僵。

“那个，真的非今天不可吗？”

听到瞬的问话，高诚不满地点了点头。

“不要老问同样的问题！我也不想在这样的天气里登山啊。”

被高告诫后，瞬沉默下来。眼前耸立的群山，仿佛呈现出拒绝自己等人进入的姿态，他有种不祥的预感。瞬的心中流入了一丝带着裂痕的不稳定的感情。

终于来到乘坐缆车的地方，眼前的牌子上提示“因台风暂停运行”，缆车完全停运了。果然是台风正在临近的样子。瞬看向布鲁诺，布鲁诺独自进入了空无一人的驾驶室内。

“怎么办？”瞬问高。

“哦，你看好了哟。马上就会动起来了。”

高诚一副自信满满的神气，鼻子里哼着歌。在这种状况下，还能保持日常的爽朗朝气，高诚的精神状态令人打心底里羡慕。

布鲁诺进入驾驶室内几分钟后，伴随着马达沉闷的声音，缆车开始发动起来。无人的缆车发出吱吱的声音，一个一个不断被眼前耸立的群山吸入进去。最后，瞬突然有一种如果坐上了这个缆车就再也回不来了的恐惧感，他却并没有说出来。

布鲁诺从驾驶室返回来，瞬等六个人急忙乘上了缆车。缆车被大风刮得左右大幅度晃动。眼下可以看到被雨水濡湿的白色和紫色鲜明对应的小花绣线菊和腹水草，如果不是这种天气的话，一定能享受到山中的美景吧。

缆车到达1400米的位置之后，再继续乘坐登山电梯，众人向八方池山庄的登山口而去。瞬的旁边，May脸色苍白牙齿打战，冷得缩着身体，大约是不能适应气温突然变化对身体带来的影响吧。瞬把身上穿的防雨风衣脱下来披在了May的肩上。只是脱了一件衣服，就感到了要被冰冻般的寒冷，但他又不能对身旁浑身发抖的女孩子视而不见。

May惊讶地把风衣拿在手里，又递给瞬。

“不用。我没事。你也冷。”

瞬微笑着拒绝了。这么看来，在耐寒方面他还是比May有耐久性得多。

“我已经习惯了。”

听了瞬强势的话，May犹豫着接过风衣披上了。看到May不再颤抖了，瞬舒了口气。既然要登山，就应该让全体成员都准备一下装备，但后悔也没办法，现在只有用给予的装备突破现状了。

登山电梯一到八方山庄登山口，瞬他们就急忙从电梯上下来。八方的山脊到白马三山雄伟的轮廓都浮现出毛骨悚然之感。

“接下来我们要怎么办？”

高把期待的目光转向了瞬。虽然武藏说让大家到唐松岳山顶来，可是他的做法还是让人不明白。

瞬指着眼前看上去平缓的木阶梯。

“从现在开始就沿着这条路向前走。这里虽然好走，但还是要注意脚下。”

瞬向在场的众人使了个眼色，率先出发了。自己如果不能很好地领路，这里的人就都会陷于危险之中。可视范围只有50米以内，他们几乎是在雾气中用手摸索着前进的，周围竖立着“遇难危险”的警示牌。这里也是恶劣天气里遇难者很多的场所吧。

大家一起默默地走着，突然May大叫了一声。

“山从地面延伸下去了！”

瞬顺着May指的方向看去，雾中的八方池，水面像镜子一样，神秘地倒映出白马三山。这样的光景，被映出上下对称的群山，真是这世间令人意想不到的绝景。头顶上让人联想到神之怒吼般的剧烈闪电穿过，向周围放出强烈的光。瞬的脑海中闪过天地造化这样的话。其他成员也沉浸在从未见过的景色里，深深感叹。对眼前这样壮观的景色抱着敬畏之心。

虽然想将大自然编织出的景色烙印在眼里，但瞬他们还是决定快点儿走过八方池。

瞬他们一行人一走出桦树林，视野便瞬间开阔了。眼前盛开的稚儿姿被雨水打得垂了头，像在祈祷什么的样子。若是晴天的话定是一番美景吧。遗憾地把目光移向山的斜坡上，那里有“注意落石”的提示牌和防落石的网。

“糟了……”

瞬小声地嘀咕着，抬头看向天空。大滴的雨水打入他的眼中。就这雨来看，地面软化的可能性很高。仿佛看透了瞬的动摇，高拍了拍瞬的肩膀。

“不用那么担心啦！我们可不是普通人哦。”

“也许吧，但最好还是提前注意些。”

瞬以律己的强硬口气说道。山往往在疏忽大意的人面前露出獠牙。这可以说是山住民的口头禅。

正在这时，瞬身边传来了咕噜噜的腹鸣声。环顾周围，悟志难为情地捂着肚子俯下身去。

“饿了吗？”

“嗯……从早上到现在还没吃过东西。”

悟志抱歉地揉着肚子。的确，包括自己在内，这里的人恐怕从早上到现在都没吃过东西吧。瞬意识到，难耐的饥饿感瞬间袭来。

“已经能看到八方圆锥石堆了，马上就快到山庄了。在那里吃饭吧。”

应该马上就到唐松岳顶上的山庄了吧。在那里暖和暖和吃点儿东西，应该就能恢复体力了。

“顺便问一下，圆锥石堆是那个？”

悟志指着的方向，竖立着用石块堆积成圆锥状的石堆。

“啊，是啊。圆锥石堆是为了避免登山者遇难建的石头标记。”

“怎么看着像墓碑似的……”

悟志的话令瞬吓了一跳。这么说来，堆积的石头的确像冥河河滩上堆积的石子塔。

“我，不想靠近那里……”

“别瞎说！必须通过那里才能到达唐松岳。”

瞬催促了一下不满的悟志，又迈步向前走去。其他成员们不知感觉到了什么，也都默默无言地走着。

就在通过八方圆锥石堆时，金俊浩突然说。

“哎，你们看！那里是不是有什么发光物？”

金俊浩指的地方，确实有闪闪发光的东西扔在那里。听说圆锥石堆上经常会扔着照片、书信和念珠等物，大约是那一类的东西吧。瞬为了看清发光物的真面目，靠近了目标，他捡起那东西。

“哎哎！是什么啊？”

金俊浩看瞬捏在手里的东西。

“什么啊，是项链啊。而且还是便宜货……”

瞬的手里捏着一条锈迹斑斑的金项链。项链上的十字架吊坠已有相当年头，一眼就能看出是旧物。瞬盯着那东西，身体僵硬。

“哎！快点！干什么呢？”

瞬像尸体一样失去生气的脸，看向金俊浩的方向。

“这个……是我母亲的项链……”

瞬说着，把项链的链子部分给金俊浩看。那里刻着“For Masako”的字样。

瞬再次环顾周围，想看看还有没有母亲的遗物，掉在那里的似乎只有这条项链。瞬觉得自己的头脑混乱了。难道母亲在唐松岳吗？虽然觉得这种事情不可能，可只要有万分之一的可能他也不能放弃。

抱着一丝期待将项链挑在指尖的瞬间，瞬的脑海里突然浮现出武藏的脸，然后那张脸伴随着大量的血沫破碎散落了。

“啊！”

瞬不由得大叫出声，高诚急忙跑过来。

“怎么了？”

“武藏的脸……碎成了碎片……”

“你在说什么？”

“我也不太清楚，但好像能从这条项链感觉到武藏的思念。”

瞬握紧了手里的项链，七零八落的思念碎片似乎不能再向瞬传达什么了，瞬死了心，将项链装入口袋中。

“那么，武藏到底想要告诉我们些什么呢？”

瞬对高诚提出的问题含糊地点了点头。武藏一定是有什么消息想告诉自己等人，但恐怕不是什么好消息。武藏没事就好了……瞬担心着武藏。

过了八方圆锥石堆，应该再有30分钟左右就能到唐松岳山顶了。看看手表，时间已经过了11点半。看来是能赶上武藏指定的正午时间了，但全体成员的步伐都比最初沉重了许多。身体的疲劳，加上由于缺氧呼吸器官也增加了负担。即使拥有特殊能力，到底还是人类的身体。勉强的话难免出问题。

“稍微休息一下吧？”

瞬问在场的成员们，大家都摇了摇头。大家都觉得现在不是该休息的时候吧。

瞬等人再次向雷声轰鸣的山顶前进。

又向前走了一会儿，就看到了架在岩壁上的老桥，现在仿佛要坍塌了似的从地表掉落下一些碎石。

瞬单脚踏上桥，踩了踩试试，桥便发出吱吱的声音。这桥相当有年头了，又由于这次的台风受到了新的损坏。

从桥上向下看，是地狱底部般幽深黑暗的谷底，正大张着嘴等待着瞬。若是立足点塌了，便会跌落谷底被吞噬吧。像是要避开从谷底卷上来的强风一般，瞬摇摆着抓住了高诚的肩膀。

“等等，瞬君不要紧吗？”

“啊……对不起。有点儿没站稳……”

“你不会有恐高症吧？”

听了高诚的话，瞬吃了一惊。他虽没有高诚说的恐高症，但对于悬崖峭壁的景色也喜欢不起来。

“我没有恐高症，过这种桥谁都不喜欢吧……”

“哦！这样惊险的地方，我可是最喜欢了。”

高诚很开心地走上桥去，用身体晃动桥。

“哎，别晃了！”

“没事啦！”

看着嘎嘎吱吱的摇晃的桥，瞬渐渐焦躁起来。

“我跟你说叫你不要晃了！”

瞬不由得大声呵斥高诚。伴随着他的这声怒吼，风恰好停了，雨势也渐弱。高诚不高兴地对瞬怒目而视。

“这种玩笑都开不起，真是无聊！”

“无聊的是你吧！这不是玩的场合吧。”

“我不是玩啊！只是想让大家的气氛轻松一点而已。”

瞬想开口反驳，但现在不是伙伴之间闹矛盾的时候。趁着雨势弱了，正是过桥的时机。

“我知道了，大家快点儿过桥吧。”

瞬含着怒气低声说，开始默默地过桥。悟志、May、布鲁诺和金俊浩跟在碎碎念的高诚后面，过到桥的1/4时，高诚的眼眸突然变成了灰色，他高声大喊：

“糟了！这个桥，40秒后就要塌了！”

“40秒后！？”

瞬看了看前面，还有3/4的距离，无论如何一行人也跑不到对面。就算是原路返回，也需要快跑才能跑到桥头。

“怎么回事啊？”

“上面的岩石要掉下来了！可不是我的错！”

瞬抬头一看，岩石上凸出的巨大岩石摇摇晃晃的现在也是失衡的状态。因为今天的大雨，这附近一带的地表都软了。高诚用手像扒拉算盘一样的挥动了几下之后大声叫起来。

“没时间了，除瞬外所有人全速返回！”

“可是……”

“快跑，不然所有人都要葬身谷底！”

几人听了高诚的话，立刻掉转方向跑起来。

“我呢？”瞬疑惑地问高诚。

“只有瞬君的速度能在这样短的时间到达桥对面，你先去见武藏，告诉他我们遇到一点儿小麻烦，稍后就过来，不要让他等急了。”

“我一个人吗……”

瞬回过头还要说什么，却看见高诚跑远的背影，和断续飘来的话：“你还有29秒……”

“29秒吗？”瞬闭上眼睛想着，也许29秒对于常人只能跑出一小段距离，极优秀的运动员在比赛场地也不过能跑出两百多米，在这种晃来晃去不好着力的吊桥上就更跑不远了。

下一个瞬间，瞬猛地睁开双眼，眼中一道有如实质的精光闪过。瞬向着前方，手在胸前结印，感觉到能量从身体深处溢出来。跑！跑起来！为了生存只能跑出去。瞬不顾一切地跑出去。弹丸般的雨点毫不客气地打在瞬的全身上。每抬一次腿心脏都要承受停止般难忍的冲击和疼痛，瞬大吼着。即便是这样，脚步也不能停下来。瞬索性就继续跑下去。

背后传来轰隆巨响的同时，剧烈的震动传到瞬的身体上。停下脚步，向后看去，巨大的岩石从斜坡上滚落下来。面对如巨大怪物般吼叫着滚落地面的岩石，瞬不由得僵住了。

岩石块砸碎桥后坠入谷底，周围又恢复了原来的平静。总算赶上了……若是迟上一步，就会跌入谷底吧。

越过山脊到达山顶约20分钟。瞬一到唐松岳山顶，眼前就是连接白马三山呈V字状的岩棱带。目光移向南面就是高大的五龙岳。那里云海广阔，隐藏着北阿尔卑斯山。看着许久未见的绝佳景色，瞬发出一声感叹。

武藏应该早就到了吧？瞬环顾四周，别说是武藏，连一个人影都没有。没人喜欢在这种恶劣天气里登山吧。

瞬在一块石头上坐下来，举目眺望眼前恢宏的大自然。和五龙岳相连的牛首山的山脊上被暴雨濡湿了，更增险峻。

开始登山是六个人，没想到回过神来就只剩了自己一个，难道这只是偶然吗？手表上的指针已经过了12点。瞬不耐烦地再次环顾四周。

突然，视野中出现了一个穿白色连衣裙的女人。女人背对着瞬，向下看着云海。在这种台风天气里，没有任何登山装备，纤细的身体上穿着连衣裙，如蝴蝶飞舞般的女性身姿，令人毛骨悚然。

瞬慢慢站起身来，走到女人的身边。嗖嗖的风声刮过瞬的鼓膜。

“嗨……”

瞬在招呼女人的同时，女人缓缓地转头看向瞬。女人转过头来的时间不过数秒，瞬却感觉到了进入胶片中一样永恒的时间。瞬在那女人转过头来之前，就已经知道了是谁。

“妈妈……”

女人莞尔一笑。

“欢迎回来，瞬。我在等你。”

“真的……是妈妈？你没有死吗？”

“快过来！”

女人微笑着向瞬招手。全身寒毛立起的感觉向瞬袭来，他在当地呆立不动。仿佛被紧紧绑住了一样，一步也迈不动。

“瞬……快，快过来……到妈妈这里来……我，好寂寞呀……”

政子模样的女人，像被操作的人偶般动作诡异地向瞬靠近。

“别过来！”

周围除了令他怀念的母亲的味道之外，又加入了血腥腐臭的味道。这种味道究竟是什么呢？瞬忍住反胃呕吐的感觉，拼命喘着气。

女人来到瞬的跟前，纤细的手慢慢缠上了瞬的脖子。力量渐渐加强，压迫瞬的脖颈。瞬试着想办法抵抗，但身体却僵硬得动不了。

这样下去会被杀的，想到这里，他想起了口袋里装着的金项链。他把视线投向眼前女人的胸前，不知为何那里也挂着同样的金项链。为什么会有两件相同的东西存在？瞬远离的意识中，眼睛拼命盯着寻找“For Masako”的文字，但摇晃在女人胸前的项链上却并没有这样的文字。

是假的。这样想的瞬间，他感到力量又回到了身体里。

瞬用两只手去掰开卡住自己脖子的女人的手，用力折向左右。啊……女人发出惨叫，蹲下身去。

“你要对妈妈做什么？”

“你不是我妈妈。是假的！”

瞬从口袋里取出项链，丢在女人面前。女人不可思议地盯着项链。

“你脖子上戴的项链上，没有刻名字！”

女人像思考着什么似的低下头，咕咕咕浮现出诡异的笑容。发出的声音渐渐地变得低沉粗哑起来。

“哎呀，复制到那么细致的地步是不可能的啊。”

女人站起身来，身体突然发出青白色的光。女人的身体仿佛被薄薄透明的膜包裹着。在简直像幼虫的蛹一样的光影前，瞬的脑袋里浮现出“进化”二字。到底会发生什么呢？瞬眼睛都不眨一下地盯着眼前的光景。

瞬正想着，过一会儿薄膜会覆盖女人的全身吗？就听到了啪的一声干响，女人的身体裂开成了两半。

感觉像是永远，其实不过是一瞬间，在女人身体般的黏膜覆盖下出来一个男人。男人伸展他高大的身体，头部啪啦啪啦地响着，他看向瞬。面对记忆中的脸，瞬惊呆了。

“武藏老师……”

这是在做梦吗？武藏从形似母亲的女人的身体中现身，而且要杀死自己。面对难以理解的状况，瞬混乱了。

“为什么……那个身体是？”

“是拟态术。忍术基础中的基础吧。”

武藏环顾四周，一脸不满的神情。

“其他人怎么回事？我不是叫你们全员一起来的吗？”

“路上桥塌了，其他五个人来不了了。”

“死了吗？那可真是杰作啊。”

武藏无比快乐地问瞬，发出嘻嘻的轻薄笑声。站在那里的，不是瞬所熟知的武藏，而是闪着猎奇的目光杀气腾腾如野兽般的男人的样子。站在变成另一个人的武藏面前，瞬惊呆了。

“你到底怎么了，真的是武藏老师吗？”

“嗯，是啊。”

想问武藏的问题多如山，但却不知从哪里问起。瞬拼命整理着自己混乱的头绪，大口地深呼吸。从刚才开始就呼吸困难，意识模糊。大概是因为在山顶上，身体的血氧浓度降低了吧。

“为什么叫我们来这里？”

“因为在这里下手，你们逃不掉啊。而且，在这样的大自然中死去，不是最好的吗？”

“别开玩笑了。”

“我没开玩笑啊。在这样美丽的地方，被自己的母亲杀死，是我为你准备的剧本。”

“你一开始……就是为了杀我们才把我们叫出来的吗？”

“是啊，就是那么回事。”

武藏说着话，从腰间拔出刀来，把刀锋对准了瞬。

“就让这把刀来饮你的血吧。”

看到武藏脸上的笑容消失了，瞬明白武藏是真的要杀了自己。就算求他饶命也是没用的吧。

瞬放松了肩膀，看着武藏。即便死在这里，最后也必须要问一问。

“那个……你说要阻止户隐的暴行，那是谎话吗？”

听了瞬的话，武藏的脸色唰地变了。握着刀柄的手微微颤动着，脸上浮现出明显的痛苦神情。

“不是……我……”

“武藏老师？你怎么了……”

瞬在靠近武藏的瞬间，唰的一声四周回荡起划破空气的声音。视线移向右腿，裤子上被砍出了笔直的一道伤痕。一时间，他还不明白发生了什么，但伴随着像被烙铁灼伤似的疼痛，瞬的裤子下流出大量的血来，他蹲下身呻吟出声。

大概是受到了割裂声音的刺激，武藏明显地陷入了错乱的状态中。

“杀了他……住手……不，杀了他……”

“武藏老师！是我。发生什么事了？！”

瞬忘记了疼痛，拼命呼唤着武藏。武藏真的要杀死所有人吗？他想知道真相。

“你哥哥是要摧毁世界的吧！你也认同吗！？”

仿佛受到了这些话的冲击，武藏停下了动作，看着瞬。那眼睛中没有了刚才的狂暴，而是澄澈晴明的眼睛。

“对不起……”

像是挤出来的声音令瞬吃惊，之后武藏又声音低沉地笑起来。

“武藏老师！你到底怎么了？”

“真是的，啰唆的小鬼。下一次可就是砍你的脑袋了。”

武藏再次在瞬的面前举起了刀。被磨得锋利的刀尖在瞬的眼前闪闪发光。武藏一定是被什么人控制了意识，可自己并不知道解开这种催眠的方法。

“再见了！”

武藏说着，挥刀闪电般向瞬砍去。瞬把剩余的力量都放在两条腿上，快速地向旁边移动。刚才受伤的地方一阵阵浪潮般的疼痛涌向全身。不想就这么死了……这样想着的瞬间，随着唰的破空之声，刀砍在了地面上。瞬战战兢兢地摸了摸脸，没有流血。

“喔……还能躲开，真叫我吃惊呀。”

“看来我必须杀了武藏身体里的‘你’呀。”瞬说着斜睨武藏。

“一个小鬼而已，少狂妄！”

武藏再次挥刀砍向瞬。当啷一声金属音响起，武藏停下了动作。脸上浮现出吃惊的神色。

“怎么可能。”

瞬用落在身边的石头挡住了刀。

“接下来该我了。”

瞬以空手夺白刃的格斗术卸掉了武藏手中的刀，以电光石火的速度扑向武藏。连他自己也不知道是从哪里涌出来那样大的力气，就在这个瞬间，不管是腿上的伤，还是肉体的疲劳，都已经感觉不到了。他右手紧握成拳，将武藏的膝盖定为目标。机会只有一次，瞬集中了全身的力气，一拳打中了武藏的膝盖。

“呃……”

武藏痛楚地呻吟着扑通一声倒在地上。

“再给你最后一击！”

听了瞬的话，武藏笑得开心。那双眼睛仿佛在对瞬说，能下得去手的话就试试吧。瞬骑在武藏的身上，挥起了拳头。即使武藏是被人催眠了，如今在这里不杀了武藏，自己就会被杀，瞬虽然这样告诉自己，但拳头还是怎么也打不下去。

“怎么了？你要是杀不了我的话，我就会把你和你的同伴都杀死哦。”

武藏似乎在玩弄瞬的情绪，脸上浮起卑鄙猥琐的笑容。

瞬脱力地放下了手。要杀了武藏，自己应该办不到。

“我做不到。”

“是嘛是嘛，你要是杀不了我，那就让我杀了你吧。”

武藏迅速坐起上身，把瞬的身体像沙袋一样连续殴打。身体像被打入了桩子一般剧烈的疼痛袭来，瞬呻吟出声。在认识到自己杀不了武藏的瞬间，刚才的力量就消散不见了，现在的瞬就像一个破败的布偶娃娃单纯地承受着武藏的攻击，已经连反击的力量都没有了。

隆，对不起。我没能遵守约定。瞬在心中暗暗默念。

武藏抓住瞬的胸口，把瞬的身体拖到悬崖边上。

“好了，就把你埋葬在大自然的坟墓里吧。”

被武藏踢中腹部，瞬的下半身被抛在了空中。瞬已是奄奄一息的状态，勉强抓住了岩石。如果失去平衡的话，就会跌入如地球之穴般的谷底吧。

“快把手放开！”

武藏毫不犹豫地踩在了瞬的手上。如电流般的疼痛蹿遍全身。若是这样松手的话，立刻就轻松了……瞬正这样想着，听到了附近传来的蝉鸣声。连一生只有十天生命的蝉，都拼尽全力地鸣叫。这么一想，力量又再次回到了瞬的身体里。

瞬用右手抓住了武藏的腿，迅速支起上身，使身体返回了岩石上。一把抓住露出惊讶神情的武藏的手腕，这次反过来把武藏的身体压向了悬崖一侧。

“我不想杀了武藏……求求你！”

清醒过来时，瞬已经流下泪来。已经到了要杀死老师才能活命的地步了吗？还是选择就这样轻松地死去？不管是选择哪条路，等待着自己的都是地狱。面对必须以自己的意志做出最终选择的情景，瞬低吼出声。

武藏静静地闭上眼睛，嘴角边露出笑容。这正是瞬曾经见过的慈爱满满的武藏的样子。

“请松开那里。”

“武藏？是武藏老师吗？”

听到记忆中武藏的声音，瞬不由得松开了武藏的身体。武藏蹒跚着站起身来，满足地看着瞬。

“你变强了呀。”

武藏面对着瞬的方向，一步一步缓缓退向悬崖的方向。瞬察觉到武藏在想什么，脸色苍白。

“停下！”

“户隐要在下次日全食的时候在新加坡实施集体催眠。已经没有时间了。”

武藏一脸疲惫样子，深深叹了口气。

“杏没事吧？”

“没事。现在应该和张平一起在新加坡。”

“户隐呢？”

“户隐在敦煌的研究所里。那里应该有‘akarudemino’最初的母细胞。你去敦煌，把那个细胞处理掉。”武藏说完突然抱着头呻吟起来。

“武藏老师！”

听到瞬的叫声，武藏抬起头来，脸上浮现出坚定的神情。

“之后的事，就拜托你了！”

武藏说着张开了自己的双臂，跳下悬崖。仿佛被吸进去一般，武藏的身影与少年时代的隆重合了。回过神来，瞬呆坐当场，闭上了眼睛。又一个人，重要的人在我面前消失了。自己将来必须要忍受怎样的悲伤呀？

灵魂撕裂般的悲伤遗憾向瞬袭来，瞬孤独地呆站着凝视地面。

螺旋桨发动机的声音轰隆隆从高空传来，瞬抬起头来。视线所及，一台机体上写着“Doctor Heli”的小型直升机正在瞬的正上方盘旋。驾驶座上的艾玛抬起手来，向瞬打信号。

“现在我把直升机降到合适的高度，你跳上来。”

艾玛操纵着直升机就那样以垂直的高度下降，恰好停在瞬的头顶上。

“快！”

“不行。我受伤了，跳不上去。”

“好可怜呀……”

艾玛把爬梯扔向瞬。

“紧紧抓住梯子还是能办到的吧。快点给我动起来。”

瞬疼得歪着脸抓住了梯子。瞬的脚刚刚离地，直升机便向上空飞去。狂风呼啸，吹得直升机上下左右剧烈地晃动，瞬为了不让自己被抖落下去拼命抓着梯子。

“你就不能开得再稳当点吗？”

“哎呀，对救命恩人发这种牢骚合适吗？”

拼命爬上梯子，气都快喘不上来了，翻进机舱，里面有高诚、悟志、May、布鲁诺和金俊浩的身影。

“太好了，大家都没事吧……”

瞬一放下心来，立刻就当场倒下了。身体如灌了铅一般重，一点也动弹不了。

“哎呀瞬君……浑身都是伤啊！没事吧？这里有床，到这里来吗？”

高诚担心地问瞬，艾玛从驾驶座上探出头来。

“稍等一下就到医院了，在那之前不要移动了。”

瞬抬起沉重的头环顾机内。客舱中央放着医用担架，担架旁边还配备有人工呼吸器和超声波监视器等医疗器具。

“是医用直升机？”

“嗯，是啊。从附近的医院借来的。你们好像有大麻烦的样子，我特意赶来的哦……好累啊！”

高诚点头认同艾玛的话。

“真的，艾玛要是不来的话，就麻烦大了。”

艾玛一副挺高兴的样子，熟练地操作着操纵杆。瞬一动不动地盯着艾玛的背影。还能驾驶飞机，这女人到底是个什么人啊？瞬呆呆地思考着这个问题，高诚看着瞬的表情。

“哎，武藏呢？你的伤是怎么回事？”

虽然不想说，但这个事实却无法一直隐瞒。瞬抬起头来，一字一句清楚地说道：

“武藏死了。”

握着操纵杆的艾玛的手震了一下，机身突然大幅度地倾斜了。瞬抓住了被固定在客舱里的床，拼命用双臂支撑着快要被甩出机舱的身体。强风吹动，身体仿佛要被吸出去似的。

“艾玛！把机身正过来。”

听到高诚的叫声回过神来的艾玛，重新握住操纵杆使机身平稳下来。机身总算平稳了，但艾玛脸色苍白。刚才可怕的颠簸，每个人都看得清清楚楚。

“骗人……”

艾玛小声呢喃。

“是真的。武藏被什么人操纵了，要杀我。可是……最后却选择了自杀。”

艾玛无言地看着前方，肩膀微微颤抖。

“对不起……”

瞬垂下头，不知是在向谁道歉。虽然他知道在那种情况下是没有办法的，但武藏就在他眼前自杀的事情却无法改变。自己的人生就是充满歉疚的人生啊！想到这里，他不由得露出个不自然的苦笑来。

“这不是瞬的错。”

高诚把手放在瞬的肩上，闭上了眼。其他的成员们也无言地点头。

“武藏说了什么吗？”

“啊。他说下一个日全食的时候要在新加坡开始进行集体催眠……”

“等等，下一次日全食是什么时候？”

高诚看向布鲁诺，一直盯着电脑画面的布鲁诺发出一声短促的惊叫。

“糟了，20个小时后就是……”

“20个小时！？连一天的时间都没有了吗？”

“怎么办？”

布鲁诺直直地盯着瞬，瞬目光坚定地看向全体成员。

“高诚、金俊浩、May、布鲁诺、悟志君，你们能赶去新加坡吗？无论如何要在日全食之前替我找到杏，阻止集体催眠！”

“瞬君要做什么？”

“我要去敦煌。”

“敦煌？为什么要去那里？”

“武藏临死前告诉我，敦煌的研究所里有‘akarudemino’最初的母细胞。我要去处理掉它们，把户隐解决掉。”

“我也去。不管怎样，不能让瞬一个人……”

“不要忘了还有我。”

艾玛从驾驶席上回过头来望着瞬。那张脸已经从刚才的悲痛表情回到了一直以来的毅然坚决的样子。

“艾玛，你要和瞬君一起去敦煌吗？”

“嗯……不行吗？”

看着艾玛认真的眼神，瞬点了点头。知道武藏死去时，艾玛的悲伤应该是真的吧。

“是啊。有你帮忙比没有好啊。”

也许是感觉到了瞬的想法，艾玛露出凄凉的笑容。

“我很高兴，不过，你的身体没问题吗？”

瞬听了艾玛的话，才想起来自己满身疮痍的状态，但奇怪的是他并没感到疼痛。翻起T恤衫一看伤口，被刀割伤的地方已经开始结疤了。

瞬悄悄抚摸了一下自己的伤口。伤口处好像有新的力量在沸腾一样，仿佛能听到咕嘟咕嘟的血液流动声音。

“我没事，立刻直接飞敦煌。”

似乎是同意了瞬的话，艾玛使机身在空中来了个大盘旋。

下方是海拔3000米高的北阿尔卑斯山的群山，直升机离那美丽雄伟的美景逐渐远去。瞬在心中向武藏的方向双手合十，在胸前画了个十字。

第五章

Extension World

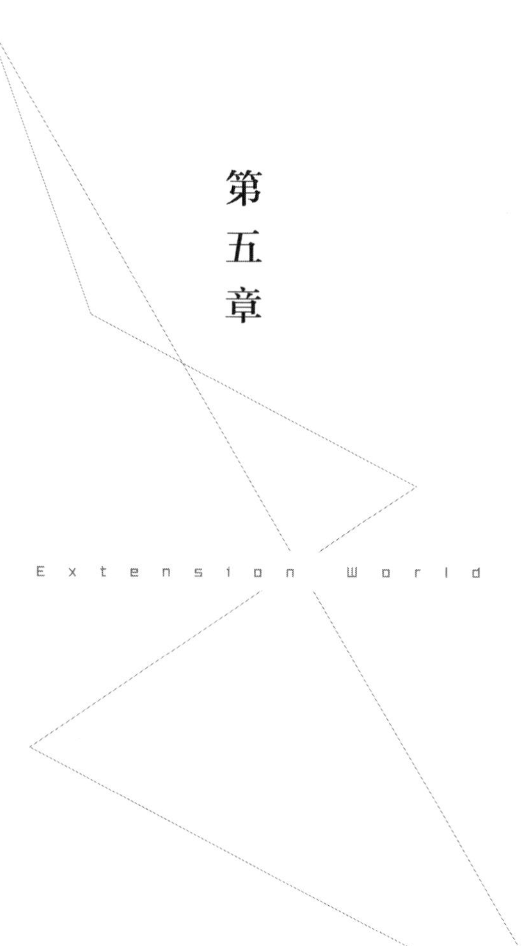

奈美子在公司的资料室里，独自一人默默地对着电脑查资料。

奈美子就职的出版社有可以访问过去发行过的新闻、杂志等刊物的网站，能简单地检索到过去的报道，所以在这间资料室里暂驻的记者也不少。电脑被一台一台隔开，所以大家都可以不用在意周围各自埋头工作。

奈美子取出放置在写字台旁边的户隐的照片，一动不动地盯着。这个男人就是自己的父亲吗？确实感觉和自己很像。眼睛是尖细的单眼皮，但鼻梁却如西方人一般挺直。有些不协调的容貌使男人的脸留下了一种不可思议的印象。

奈美子看向电脑画面，输入了“超智基因”，按下回车键。带着期待和不安心怦怦跳地紧盯着画面，却完全没有相关联的报道出来。如果那封信上写的是事实，哪怕有一件可以搜到的报道也好啊，可是……奈美子怨愤地看着电脑画面。

难道就没有其他线索了吗？如果信中写的是真的，那么我身体里有名为“akarudemino”的炸弹的可能性也很高。如果这个炸弹一旦启动，那么不仅是自己，这个世界的人们都会卷入其中吧。

奈美子沉着脸输入了“洪研究所”，按下回车键。要说已经有的线索，那就只有瞬的父亲去海外做研究的“洪研究所”了吧。奈美子以抓住最后一根稻草的想法，按顺序对屏幕上出现的检索结果一一过目。于是，一篇很有趣的报道被检索出来。那篇报道被刊登在1996年的全国性报纸的一角上，内容是中国敦煌的雪丽研究所发表了发现关于脑细胞增生的特别基因的论文。奈美子在读报道的过程中，对某个单词有些敏感。那是用罗马字标明的“ACALDE”，是表示特别基因的单词。

“超能基因？”

她小声地念出来才发现，这个单词和“超智基因”很相似。这是碰巧的吗？奈美子翻开笔记本，把收集到的信息急忙记录下来。

“在查东西吗？”

听到身后的声音回过头去，立花诚一脸快要睡过去的样子站在那里。

“啊，查点儿东西……”

奈美子不太高兴地敷衍着点头。

“周刊杂志果然麻烦啊。”

看着悠闲地揉眼睛的立花，奈美子露出了个“哈？”的表情。说起来，立花应该是在生物化学月刊杂志《SHINKA》的部门的。奈美子身子前倾用双手抓住了立花的衣服。

“啊！立花君现在是在《SHINKA》的编辑部吧？”

被奈美子的气魄压住，立花不由得后退。

“啊，是啊，可是，那又怎么啦？”

“你听说过‘超能基因’这个单词吗？”

“超能基因？”

立花手托着腮，似乎在拼命回想什么似的念念有词。

“嗯……好像是听过呀。”

“拜托了。就算说错了也不要紧，不管什么信息我都要。”

奈美子用期待的目光看着立花。

“啊！我想起来了。超能基因是雪丽研究所发表的论文中用到的一个名词。那篇论文很有意思，我看得很入迷呢。”

没错！奈美子在心中为自己喝彩。这么近的距离就有知道“超能基因”信息的人，我的运气还真不错。

“那篇论文的内容，请简短易懂地给我讲讲吧。”

“嗯……总的来说，‘超能基因’这种细胞，就是对人类的脑细胞有特殊影响的一种物质，把肉体和精神改变到何种程度是未知数……就是这样的内容。”

立花挠了挠头，一副很困的样子，打了个大大的哈欠。

把肉体和精神改变到何种程度是未知数……奈美子在心中反复地念叨着这一句。奈美子回想起第一次和瞬相遇，瞬以眼睛捕捉不到的速度击倒对手的事情。现在想来，普通人是不可能用那样的速度击倒对手的。应该是瞬的身体里也有“アカルデミノ”存在吧。

“如果你对那篇论文感兴趣的话，可以试试联系雪丽的所长。”

听到立花的话，奈美子不由得失声问道：“欸？可以联系索取吗？”

“是啊。雪丽研究所的论文经常被《SHINKA》采用呀。”

立花从口袋里取出名片夹，从中拿出雪丽研究所所长的名片递给奈美子。

“千万别丢了。另外，你也可以跟对方提我的名字。”

“真是太感谢了！”

奈美子抑制住兴奋的心情，接过名片。虽然亲自联系也许会有危险，但也不能就这样什么也不做呀。

“立花君，雪丽研究所的所长多大年纪了？”

“我觉得大概50岁吧，怎么了？”

“没有，没什么。你不用在意。”

装作没什么的样子，奈美子做出个笑脸来。50岁左右的话，如果自己的母亲政子还活着，应该是同年代的人吧。

奈美子把目光投向名片上记载的雪丽研究所的地址。敦煌……从没听过的地名，也许自己想知道的真相就存在于那个地方吧。奈美子如今正被想立刻飞往中国的心情驱使着。

感觉到奈美子认真的样子，立花向奈美子投去了意味深长的目光。

“如果发现了什么有趣的事，也请告诉我一下。”

“谢谢。下次我请客！”

奈美子拿起放在桌上的手机，迅速按照名片上的电话拨打过去。嘟噜噜噜的呼叫音响了几遍，奈美子才想起来对方是中国人，立刻把立花叫了回来。

“立花君！等等……回来一下！”

“什么？”

“我不会说中文！拜托你了。”

奈美子把手机递给了立花，双手在面前合拢。立花接过手机，不知用中文说了些什么，突然把手机递还给奈美子。

“我已经把佐伯的事情介绍清楚了哦。雪丽所长也能说一点日语，应该没问题。”

“真的吗？”

奈美子接过立花递来的电话，忐忑地把手机放在耳旁。

“喂喂……你好。我是佐伯奈美子。”

“你好。我是雪丽。初次见面，您有什么事吗？”

手机那头传来优雅的女声，奈美子松了一口气。能把日语说到这么流畅的程度，沟通应该没问题吧。

“那个……我想询问一下有关您发表的论文‘超能基因’细胞的事情，现在您方便吗？”

“没问题。你对我过去发表的论文有兴趣，我很高兴。”

“您的日语很好啊！”

“嗯，有日本的朋友教了我日语。”

奈美子喝了一口眼前塑料瓶装的水，组织了一下向雪丽提问的恰当语言。

“超能基因这种细胞……是怎么发现的呢？”

“这个问题，是你的工作，还是个人的问题？”

如果说是工作，恐怕就只能得到学术式的回答了，得出这样的判断后，奈美子选择了直接的说法。

“是个人的问题，不好意思。”

“是吗……是个人的问题啊……”

雪丽话说了一半。她是在思考要说些什么吗？奈美子身体绷得紧紧的。

“为什么想知道？”

“那个……”

奈美子不由得深吸了一口气。探索自己不知道也没关系的真相；即便自己身体里有“akarudemino”，但直到现在也还能毫无问题地度过每一天。要打退堂鼓就趁现在。奈美子的本能这样告诉她，但是在奈美子的选择中，“退堂鼓”这样的文字已经消失了。

“我想知道自己的本源。”

奈美子一个字一个字清晰地说出来。雪丽一定知道有关“超智基因”的信息吧。然后，就是对方是不是能把这个信息告诉自己了。奈美子在心中祈祷她能告诉自己真相。

“你说的本源……是什么意思？”

“就是字面上的意思。”说到这里，奈美子顿住了。应该现在就说出来吗？她犹豫了一下，回过神来自己已经说出来了，“我的身体里可能有‘akarude’。”

“是吗。”

“请告诉我真相吧！拜托了！”

“那么，你就到我的研究所来吧。我会在这里告诉你真相。”

“我去敦煌就可以了吗？”

“是的。我会让人去接你。”

“明白了。那好，我明天会乘最早的航班从日本出发。”

挂断电话后，奈美子把手机放在桌子上。觉得距离自己的本源又近了一步，但同时心中难言的恐怖阴影如雨云般又扩大了。虽然说了要去敦煌，但这个决定真的是对的吗？这个鲁莽的性子这辈子多半是改不了了。她似乎听到了远处传来瞬的怒吼声，奈美子装作没听到的样子，单手把户隐的照片攥成了一团。自己要去的地方即便是地狱，也要阻止父亲的野心。

想听听瞬的声音。奈美子伸出手去拿手机，却又立刻把手收了回去。如果保持更多的联系的话，这种感情就更难抑制了。美丽的影子中若隐若现的忧郁与优雅，自己一时被那个不可思议的男子夺了芳心，然而这却是不被允许的。要怎样才能填补心中那个裂开的洞呢？自己果然还是没有男人运啊，奈美子露出个凄凉的笑容。

雪丽放下电话，做了个深呼吸。

窗户紧闭，窗帘拉得死死的无机质的房间里飘浮着药物的味道。按下安装在墙壁上的按钮，随着嘀嘀嘀的机械音，百叶窗窗帘升起，眼前出现的是高楼林立的新加坡的景色。

很快这个国家的一切就都是我们的东西了……准备工作都在按部就班地进行，事情正按计划推进着。张平差不多带着宫本杏到了吧。这个计划必须要用到能力极高的牺牲品，我们却没有那个担心的必要。总之，我们这里原本就有拥有天然的“akarude”的女人。

发挥研究之集大成的时刻就要来临了，雪丽心中欢欣雀跃，拿起写字台边的听筒，按下了拨号盘。几次呼叫音后，男人接了电话。

“喂，是老板吗？我是雪丽。”

“哦，雪丽所长，好久不见了。在新加坡的生活怎么样？”

“嗯，非常愉快。纬壹科技园区的设施增设也在顺利进行。”

“好像不错啊。作为新加坡科学技术研究所的下一任所长，我很期待你哦。”

“荣幸之至。非常感谢！”

隔着听筒，雪丽露出淡淡的笑容。这个男人的期待是最令我开心的事情，是我的一切。必须要尽快汇报刚刚的事情……雪丽握紧听筒，认真地提出了这件事。

“事实上……我曾经刊登过有关‘akarude’的论文，日本有人来询问了。”

电话那一边的男人倒吸了一口气。

“来询问的是什么人？”

“是个比较年轻的女性，她自称叫佐伯奈美子。”

“佐伯奈美子……”

隔着电话，雪丽感觉到男人笑了。

“她说什么了？”

“哦，她说自己的身体里有‘akarude’。”

男人突然发出非常古怪的笑声。

“这可真是杰作呀！”

从未听过的男人兴奋的笑声，令雪丽吓了一跳。她觉得每次听到男人的声音心脏就如同被猛然抓住了一般骤然紧缩。今年已经50岁了，但在这个男人面前，自己却总像未经世故的少女一样，连自己都觉得不可思议。

“佐伯说乘明天早上的第一班航班从日本出发，我先告诉了她会派人去接……不过，这样做可以吗？”

“你指定了地点吗？”

“敦煌的研究所。我觉得叫她到离老板近的地方比较好。”

虽然是擅自做出的判断，但这个选择并没有错吧。雪丽神情紧张地等着男人再次发话。

“不愧是雪丽所长！敢于指定敦煌……”

听到男人的笑声，雪丽放下心来。太好了，自己的选择没有错。

“如果她体内有‘akarude’的存在，那她是宫本政子的……不，老板的亲生女儿吧？”

“可爱的女儿独自一人千里迢迢来探望父亲，是多么罗曼蒂克的事情啊。一定要准备好给她特别的接待，我非常期待哟！”

“明白。”

雪丽放下电话，打开电脑画面，迅速订下了飞往敦煌的机票。立刻去敦煌的研究所，不准备好可不行。

因为兴奋，她感到心情激动得波澜起伏。宫本政子的女儿在这个时机出现，一定是神在支持我们的计划。那个女人为了这个世界真正的和平能够献出自己的身体，那不是超越死亡的幸福吗？

雪丽再次看向眼前展开的新加坡的高楼群，想象着那个时候的到来，微微一笑。

瞬在信州大学医学部附属医院的病房的床上一脸厌烦地躺着，伤口已经完全愈合了，但艾玛想提取瞬身体里血液的样本，所以现在他是禁足的状态。哪怕早一刻钟也好，必须尽快赶到敦煌去，现在不是干这种事情的时候吧。

瞬用怨恨的目光看向把玩着注射器的艾玛。

“哎，回来之后我什么都配合你，现在不是做这件事的时候吧？”

“你我有能活着回来的保证吗？”

艾玛直白的话令瞬哑口无言。的确，就自己和艾玛两人潜入组织的老巢，自己二人也许没有能活着回来的保证。

“艾玛你担心的话，我自己一个人去敦煌也可以哦。”

瞬客气地问艾玛，艾玛大大地叹了口气吃惊地看向瞬。

“你在说什么傻话啊。你一个人去的话，那就只有被杀了。”

“哪有那回事……”

“你完全不知道户隐有多恐怖。”

艾玛打断了瞬的话，拿起注射器插入瞬手腕上的血管中。血液被缓缓抽出的感觉，令瞬皱起了脸。

“户隐拥有什么能力？”

“所有的……”

“所有的？什么意思？”

“就是这个意思呀。他可以把对手的能力化为零。也就是说，你在户隐面前根本使不出超能力来。”

除了眼睛以外都隐藏在黑色面具下的户隐的样子，令瞬感到毛骨悚然。

“你我就算毫不畏惧地去了，也只是被杀的结局哦。就算没时间，若什么对策也不想，那也杀不了武藏的敌人啊。”

艾玛罕见地情绪激动地叫出来。虽然不知道武藏和艾玛之间的详情，不过，艾玛是真的爱着武藏的吧。

“你有什么对策吗？”

“虽然不知道能不能成功，但是……”

艾玛举起了抽取了瞬的血液的注射器。

“你打算用这个做什么？”

“检查一下你的血液是否适合heriminaru。”

听到陌生的单词，瞬露出疑惑的神情。艾玛从胸口处掏出一个装了乳白色液体的小瓶，把它放在桌子上。从小瓶里呼地飘出如氨水般刺鼻的臭味来。瞬一手捂住了鼻子，另一只手捂在小瓶子上。

“臭死了，这是什么啊？”

“heriminaru是使‘akarudemino’细胞增加繁殖的药。虽然伴有极强的副作用的可能性很高，但是可以最大限度地把你的特殊能力激发出来。”

“副作用……”

听了艾玛的话，瞬不由得沉默了。

“怎么了？”

“我的父亲，大概就是因为这个副作用而死的。”

听到瞬的话，艾玛不由得瞪圆了眼睛。

“你的父亲？”

瞬拿出母亲的信来递给艾玛。默默看信的艾玛脸色渐渐苍白起来。艾玛看完了信，苍白如死人般的脸看向瞬。

“这是真的吗？”

“嗯，多半是真的。”

瞬从口袋里掏出装着片剂的铁盒，放在床旁的床头柜上。

“这里面装着药片，能抑制‘akarudemino’的活性。”

艾玛的视线望着空中转了一圈，突然像想到了什么似的抬起头来。

“这个药，可以给我一片吗？”

“可以是可以，不过……你要做什么？”

“让我的部下现在就分析一下这个药的成分。”

“你的部下，可信吗？”

艾玛把一张ID卡放在瞬的面前，上面写着“世界再生医科学研究所 所长艾玛·马库贝斯”。

“放心吧。研究所的职员都是超一流的，并且我的部下绝不会把这个消息泄露给任何人。”

“你怎么能这样断言？”

“万一这个消息泄露出去，那才是最惨的。”瞬惊讶地看向艾玛。

“在情报泄露出去之前，我会把全员都处理掉。”

艾玛微微一笑，超短裙下的长腿交叉起来。

成田出发前往新加坡的日本航空421航班燃烧着喷气燃料缓缓在滑行道上加速的同时，高诚把身体深深地倚靠在座位上长长地舒了一口气。高诚旁边的是布鲁诺。后面的座位上是金俊浩、May和悟志。起飞的规定时间已经过去了40分钟，手表的时针指向17点21分。

“终于起飞了呀，到新加坡多长时间？”高诚向布鲁诺抱怨说。

“飞行时间是7个小时40分钟。到达那边，应该是当地时间深夜1点左右。”

“啊！好想在舒服的大床上好好睡一觉啊……”

“好好睡一觉，等事情办完了吧。日全食是16小时后的9点22分。除去飞机上的时间的话，我们在新加坡行动的时间连几个小时都不到。”

“是呀。可即使到了新加坡，我们也什么线索都没有呀……”

“对了！”布鲁诺想起什么似的，从脚边的书包里拿出笔记本电脑，开始操作起来。

“你打算做什么？”

“侵入通信卫星，访问组织的数据库。”

布鲁诺兴奋地敲打着键盘。

“等等，你用我能听明白的话说明一下。”

“这架飞机装载的天线是通信卫星和电波的交换。如果夺取那个通信卫星，经由那里访问组织的数据库，就能降低我们暴露的可能性。”

布鲁诺一头扎入画面中一样紧盯着屏幕埋头进入了工作状态。高诚对布鲁诺所说的事情虽然不太明白，但如果交给他的话，应该没问题吧。

高诚伸出双臂做了个伸展。在这个狭窄的机舱内，越发变得奇怪了。

“还是睡一下比较好。到了那边可没有睡觉的时间了。”

向后一看，金俊浩、May和悟志睡得正香。这样看上去，就像兄妹一样呀！高诚的脸上突然浮现出笑容。的确，正如布鲁诺所说的，能休息的时候如果不睡的话，后面可就辛苦了。高诚放倒座位躺下，慢慢地闭上了眼睛。

“高诚，快给我起来！”

听到布鲁诺的声音，高诚猛地睁开了眼睛。一看手边已经对好新加坡时间的手表，时间正指着23点32分。他才注意到自己好像结结实实地睡过去了。

高诚一边揉着惺忪的眼睛，一边向布鲁诺看去。

“有什么发现吗？”

“入侵成功了。”

布鲁诺的话令高瞬间睡意全消，看向电脑画面，那里排列着大量的个人信息。

“你看这个！”

布鲁诺指的地方记录着“新加坡科学技术研究所”的名称和地址。高诚疑惑地看着从未听说过的名字。

“科学技术研究所？”

“对。是进行关于世界最尖端的生物技术研究的机构。所长，好像是一名叫雪丽的女性。”

“雪丽吗？”

布鲁诺认真地探头看着高。

“你是怎么想的?”

“嗯……不好说啊！”

“是啊。如果雪丽是组织的人，那么他们的力量已经渗透到国家机关了吧？如果是那样的话，要阻止集体催眠就不能用普通的办法了。”

布鲁诺长叹一声的同时，电脑的电源突然断了，画面一下黑了下来。

“喂……布鲁诺，电源断了呀！”

“好奇怪呀，线路是连接着的。”

布鲁诺疑惑地正要举起电脑时，画面上突然浮现出白色的文字：“救救我！”

“哇！”

听到布鲁诺的叫声，空中小姐慌忙跑了过来。周围的乘客也都将好奇的视线投向了高诚和布鲁诺。

“先生，您怎么了？”

布鲁诺急忙把拿在手里的笔记本电脑合上，露出故作镇定不自然的笑容。

“啊……没事，不好意思。我没事。”

空中小姐瞬间露出惊讶的神情，但立刻又一副了解了似的样子离开了。布鲁诺松了一口气，重新看向高诚。

“你刚才看到了吧？”

听了布鲁诺的问话，高微微点了点头。

“再让我看看画面。”

布鲁诺点点头，小心翼翼地打开电脑画面。那里依旧漂浮着白色的文字：“救救我！”

“好像是在向我们求救啊！”

“是啊。可是，这到底是谁发来的讯息呢？”

“你试着回复一下吧。”

“回复？怎么回？”

“你用键盘输入文字，问‘你是谁？’”

“你认为这么做，对方会回答吗？”

“事物是需要尝试的啊。快快！”

被高诚催促着，布鲁诺勉勉强强地敲打键盘。

“‘你是谁？’这样行了吗？”

“会有回复的吧？”

“果真是这样回信的……”

布鲁诺刚说到这里，画面上便现出了“宫本杏”几个字。布鲁诺和高诚面面相觑，同时眨了眨眼。

“是小杏发来的……”

“怎么回信？”

“嗯……试试问她‘你在哪里？’”

布鲁诺在键盘上敲打输入文字，黑暗的画面上再次浮现白色的文字：“新加坡科学技术研究所”。

“布鲁诺，可以把电脑给我用吗？”

高诚从布鲁诺手里接过电脑，立刻输入文字：“那里有什么？”杏立刻就回信了，不过高诚刚看了一眼画面上的回答就倒吸了一口气，恶寒一点一点爬上了背脊。现在要去的地方，等待他们的究竟是什么呢……

电脑画面上的“死亡”两个字忽明忽暗。

飞机到达樟宜国际机场，高诚等五人匆匆办理完入境审查手续，向到达门走去。

机场过于宽广，这里与其说是机场，倒不如说是像未来的巨大主题公园之类的东西更为合适。尽管是深夜，机场的指南板上购物、餐厅就不用说了，游泳、电影院、按摩店、酒店等也全都写在上面。“这机场本身不就已经是有名的观光地了吗？”仰视着令人产生这种错觉的巨大机场，高诚已经清清楚楚明白了新加坡这个国家到底有多丰饶。如果这个国家被户隐他们全体催眠的话，那对世界将是最大的威胁。高拍了拍自己的脸让自己振作起来，乘上了停在机场前的出租车。

一告诉司机要去新加坡科学技术研究所，车子便静静地驶了出去。从窗户里看到的高楼群是未来都市般的时髦，放射着宛如东京市中心般晃眼的霓虹灯光。杏刚才发来的讯息在高的心中留下了阴影。“死亡”，杏想传达什么意思呢？越想越恐惧，高诚的额头渗出薄薄的汗来。

从稍微打开的车窗吹进凉风，高诚深深吸了口气，一动不动凝视着映在车窗上的新加坡的夜景。

“几位客人，这个时间去研究所做什么？”

被出租车司机突然地询问，高诚一时语塞。

“那个……研究所里发生了一些问题，所以现在急着要赶过去……”

不知是不是被高诚的谎话骗过去了，司机露出怜悯的神情，不作声了。

“那个研究所又出事了吗？小伙子，你们可真辛苦啊！”

司机的话令高诚不由得探过身去。

“之前也发生过什么事吗？”

“欸？你不知道吗？恰好就是一个月前吧……好像因为研究所里有异臭发生了纠纷。”

“是什么臭味？”

“嗯，好像是氨的酸臭味吧。到底在研究什么啊？真是的……”

司机向高诚嘟嘟囔囔地发着牢骚，不久就进入了郊外纬壹地区，在“启汇园”前停下了车。

“看，到了。”

“是这里吗？”

“就在这栋建筑中啊。应该是从10层往上都是研究所。”

高诚谢过司机下了车，凝视着眼前耸立的建筑。本以为是更加古老的建筑，但眼前的却是像把圆柱体分割成四份的两栋联排高楼，楼与楼之间有巨大的球形物体相连。大楼的外观简直就是艺术品，高诚不由得发出一声感叹。建筑入口处正面巨大的玄关拉着卷帘门，徒手是打不开的。

“布鲁诺，这个卷帘门能打开吧？”

布鲁诺微微点了点头，抬手伸向卷帘门。不一会儿，眼前的卷帘门就静静地开始向上升起，但布鲁诺却露出了疑惑不安的神情。

“怎么啦？”

“电流很奇怪，流向不定。”

“有什么问题吗？”

“不寻常的异动，这个大楼里有什么东西。”

环顾左右正在建设中的楼群，在黑暗中悄然耸立排列着。就像巨大的墓地一般向周围释放着险恶的气息。

高诚打头，带着布鲁诺、金俊浩、May和悟志踏进整体镶着玻璃漂浮着高级感的大厅。大厅被黑暗和寂静包围着，感觉不到有人的气息。大厅的天花板上垂下巨大的枝形吊灯，在黑暗中闪闪发光。

“好像没人呀……”

高诚小声嘀咕的刹那，全身像灌了铅一样不堪负荷，当场膝盖着地。全身似乎被麻醉了一样麻酥酥地痛。后面跟着的四个人也和高诚一样当场跪地，脸上露出痛苦的神情。

“布鲁诺，这是？”

“磁场完全被破坏了。高诚，你能站起来吗？”

“勉强吧。”

说着话，高诚站起身来，但脚却不能向所想的方向移动。为了防止超能力者的入侵，这个研究所里有某种特殊的装置吗……正思索间，头上警报声大作。

“糟了！安全装置启动了，追兵就要来了！”

“那边有电梯！去10层！”

高诚等人同意了布鲁诺的建议，一溜烟地向电梯门厅奔去。背后的警报声音量还是那么大，一直响着。高诚一边焦急地等待着怎么也不来的电梯，一边频频扭头向后看。许多脚步声正在向这边靠近。

“电梯还没来吗？”

不管按了多少次电梯按钮，按钮只是亮起了红灯而已，电梯没有一点儿要下来的意思。高诚不由得将身体倚靠在墙上，受狂暴的磁场影响，身体使不上力，呼吸紊乱。这样下去，会被组织的追兵抓住，在救出杏之前，自己等人就先被杀了吧。高诚神色绝望地看向一大群追近的人影。

正在此时，May一步跨了出来。

“大家先走！这里，我来想办法。”

“May？”

“我来弄乱这里的重力。”

“你不可能办到的呀！”

“不做的话怎么知道。”

May意志坚决，直直地看着高诚。燃烧般的眼睛里沸腾着斗志。

“留在这里大家都会死的，你们快走！”

“可是，May一个人不行……”

高诚正犹豫不决，金俊浩站在了May的身边。

“的确不能让女士一个人行动呀。这里交给我和May，你们三人快走！”

身后的电梯叮的一声打开了，高诚下定了决心，和布鲁诺、悟志一起上了电梯。现在只有相信May和金俊浩了，高诚从徐徐关闭的电梯门缝隙间凝视着May和金俊浩的背影。

电梯门一关上，May便长长舒了口气。总算避免了全军覆没的情势。

“May，怎么办？”

“我来搞乱重力，你来掩护我。”

“明白了。我试试看。”

据前方传来的脚步声推测，追兵有几十人吧。金俊浩不知道是否能操纵得了这么多人的想法，但现在只能在这里尽量拖延时间。

May弯下身去，双手撑在大厅的地上，闭上了眼睛。建筑物的外观在头脑中浮现，使意识集中在一点上。撑住地面的双手阵阵刺痛发射的同时，感觉到自己周围的重力渐渐改变了。不行，这样的话还不够。May微微摇一下头，再一次集中意识。

“May！危险！”

几乎和金俊浩的叫声同时响起的，是回荡在建筑物内的枪声。May吃惊地抬起头来，眼前的金俊浩正肩膀流着血跪在地上。

“金俊浩！”

“May，我没事。你集中力量让这个地方的人动不了。”

May看向前方，无数枪口正对准这个方向。

对方既然要置我们于死地，那就让我把你们全部粉碎吧。May在心中咒骂着，做了个深呼吸。她感觉到如岩浆般的能量从身体深处涌出，就是现在！就在她这样想的瞬间，面前的男人们的身体都忽地飘在了空中。

“金俊浩！”

听到May的话，金俊浩点点头大声叫道：“向头顶开枪，直到子弹射光，开枪！”男人们遵从金俊浩的话，举起拿着的枪一齐向上开枪。前厅顶棚上的枝形吊灯破碎了，碎玻璃片毫不留情地向着男人们倾泻而下。

那景象像闪闪发光的雨滴落下般有种超现实的美，像慢镜头一样萦绕在May的大脑中。男人们为了躲避落下的玻璃，眼睛充血到处逃窜。玻璃终于都落下了，周围被一片寂静包围着。

好了，能来的就过来给我看看吧。May站起身来，对浑身是血的男人们歪头轻笑。

高诚和布鲁诺、悟志乘电梯到10层，大楼的窗户全部降下了遮光的百叶窗，馆内被一片黑暗包围着，只有紧急灯周围放射出微弱的亮光。高诚为了适应黑暗拼命注视着，发现电梯门厅的前方摆放着一个小圆桌。

“那边好像有什么东西，过去看看吧。”

按捺住急躁的心情向那边走去，桌子上放着电话，旁边立着馆内示意图。这里大概是接待来宾的服务台吧。

高诚取过示意图，为了让布鲁诺和悟志也能看见，放在了地上。

“我们现在是在这个位置吧。布鲁诺！电脑给我用用！”

听了高诚的话，布鲁诺慌忙把笔记本电脑递给高诚。

“你打算怎么做？”

“问小杏是最快的。”

高诚从布鲁诺那里接过笔记本电脑，在画面中输入文字：“我们到10层了，走哪边才对？”

画面一片漆黑，什么反应都没有。布鲁诺带着指责的眼光看向高诚。

“高诚，与其这么折腾，我们不是该先往前去更好吗？”

“不，小杏一定会发讯息来的。”

下一刻，画面上便浮现出被写入的白色文字：“密封舱房”。

“讯息来了！”

第一次看到杏发来消息的悟志露出惊讶的神情。

高诚拿过馆内示意图，为了让悟志和布鲁诺也看见，把它放在地上，用手指指着写有“密封舱房”的房间。

“是这里。”

那个房间好像是在走廊的尽头。高诚收起示意图，看向接待台后面耸立着的看似十分坚固的木纹自动门。门似乎需要ID卡才能进出，旁边的墙上装置着刷卡屏。要去密封舱房，好像只有通过这道门这一条路。

“布鲁诺，你能解除这门锁吧？”

布鲁诺皱起眉头，脸上神情严峻。

“这栋建筑本身磁场混乱。暂时解除门锁的同时，还必须操作电子，我一个人的话……”

正在布鲁诺烦恼的时候，悟志站到了他的身边。

“让我来帮忙吧。”

对于悟志的提议，布鲁诺立刻点了点头。

“能调整电流吗？”

“试试看吧。”

悟志把左手轻轻放在布鲁诺的右肩上，闭上了眼睛。布鲁诺的身体微微晃动，两人的神情渐渐紧张起来。下一个瞬间，坚若磐石般紧闭着的门开出了数十厘米的缝隙。

“布鲁诺、悟志君，这里交给你们没问题吧？”

确认布鲁诺和悟志点头同意了，高诚把视线转向了电梯门厅。从刚才开始，就觉得背后似乎有吱吱吱微弱的发动机声，但这应该不是错觉吧。眼前电梯的层数指示灯显示，电梯正以10层为目标靠近，而且不是从下层上来，是从上层下来。

高诚一动不动盯着眼前的电梯，眼前的电梯再有5秒就会打开。这本身没有问题，问题是从那里出来的是谁。

电梯指示灯在10层忽明忽暗，发动机声停下了。来了……高诚咕噜倒吸一口气的同时，电梯门无声地开了……

在中国东方航空MU2461号航班班机内，瞬眺望着窗外。从羽田出发经由北京转机之后，已经过去了10个小时，时间已是深夜2点多。黑夜中虽然看不清外面的景色，但估计这下面是覆盖着沙子的茶褐色广袤的大地吧。

“差不多快到了呀。”

就在瞬嘀咕的同时，头上安全带上安装的灯亮了。还有10分钟，飞机在戈壁沙漠的上空继续飞行，像是要让它的羽翼休息一般缓慢下降高度，向敦煌机场降落下去。

瞬偷眼看坐在旁边的艾玛的表情，果然还是猜不透她在想什么。这个女人的秘密太多了。一边看着艾玛的侧脸，瞬又重新坐好做着陆的准备。

不一会儿，飞机就在敦煌机场的跑道上着陆了，瞬和艾玛迅速从舷梯上下来，气温是10摄氏度左右吧，远比预想的要冷得多，清澈的空气很干燥。头上是满天的星光，美丽地照着周围的黑暗。

“好美啊！简直像天然的天象仪。”

面对地上和天空无边的黑暗像要永恒延续下去一样的景象，瞬不由得赞叹道。

“嗯，真的，太漂亮了。”

艾玛也好像是从心里注视着那片夜空。旁观者看来，就像是来旅游的情侣之间的对话，瞬忽然微微笑了。

在机场中心大楼取了行李，两人在机场前坐上了出租车，暂时先向敦煌市内去了。

敦煌人口有15万左右，是位于甘肃省西北部的小规模的城市，作为曾经丝绸之路的分岔点，以繁盛的绿洲城市而闻名。各种各样的梦和金钱欲望所迷惑的人们的“梦”和“挫折”，抑或“生”与“死”混杂在一起的沙漠地带，瞬在出租车里一动不动地凝视着这片沙漠。沙漠化作巨大的黑暗，仿佛立刻就要吞噬过来似的震撼力迫近瞬的眼前。

一想到户隐就在这里的某个地方，一种与愤怒相似的情感就在身体中涌动。这么想来，自己的人生全被户隐搞得一团糟。虽然有一度被洗脑敬他为师的时期，但那些也全都是欺骗。

“嗨，见到户隐你打算怎么做？”

坐在旁边的艾玛在瞬耳边悄声问。

“那早就决定了吧……”

瞬对于自己见到户隐要做什么这一点，清楚得不能再清楚了。

乘车大约15分钟，就看到了在月光照射下的敦煌中心区的标志“反弹琵琶飞天像”，艾玛向驾驶座位探出身去。

“就停在这里吧。”

听到艾玛从嘴里说出流畅的中文，瞬几乎怀疑自己的耳朵。

“你还会说中文？”

“是啊。我很擅长学习语言。”

还有艾玛不擅长的事吗？瞬在心中暗自怀疑。虽说是同伴，但以高诚为首及艾玛、布鲁诺、金俊浩、May还有悟志，自己对他们的出身和成长都一无所知。唯一可以说知道的，就是他们的父母都是SNP研究所的职员这件事。想更加了解他们的感情，和不能陷得更深的感情互相争斗着，瞬的心在两种相反的感情之间摇摆。

瞬和艾玛下了出租车，进了闪着橙色灯光写有“敦煌饭店”霓虹灯牌的酒店。先稳定一下，必须详查现有的信息。

在服务台办完接待手续，二人沿螺旋形的楼梯上行，来到有客房的走廊上。

“我的房间是几号房？”

“你的房间？只有一个房间哦。”

艾玛一打开东面房间的房门，就微笑着做了个请的姿势。

“欸？只有一个房间？”

“是啊。好像没有两人间的空房了。和我一起睡就那么叫你讨厌吗？”

艾玛爽快地说完，就进了单人间。跟在艾玛后面，一脸难为情的瞬也进了房间，微暗的房间中央是一张旧的双人床，极大地展现出它的存在感。就连瞬也仿佛置身于情人旅馆，室内飘浮着尴尬的气氛。

“欸……为什么是双人床啊？”

“这里可是最后一间了哦。请别抱怨了。”

艾玛一坐上发出吱吱嘎嘎声音的双人床的一侧，就打了个大大的哈欠。

“稍微打个盹儿吧。先恢复一下体力。”

瞬忍不住难为情，不由得偏开了视线。当然，他对艾玛丝毫没有要做什么的心情，不过，尽管如此，在这种状况下睡在一张床上，本身就让他窘得不行。大约是体察到了瞬的心情吧，艾玛像是很享受这个状态一样，把恶作剧的目光投向了瞬。

“你难为情了吗？”

“双人床的房间里只有两个人，当然难为情啊。”

“呵呵。好像童贞男孩说的话呀。”

艾玛慢慢站起身来，当场脱下身上的衣服丢在一旁。

毫无瑕疵的像白色陶瓷一样的艾玛的裸体，混合着汗和香水的甜甜的气味模糊地飘来。浑圆隆起的乳房带着薄薄的红色，曲线美丽的腰线不安地纤细，仿佛就要折断一般。面对突然出现在眼前一丝不挂的艾玛的裸体，瞬不由得呆住了。

“等……你在干什么啊……”

“我睡觉的时候习惯全裸呀。”

艾玛说完，就全裸着钻进了被窝，立刻就进入了酣睡中。

面对只能认为是挑逗自己的艾玛的行为，瞬的身体里忽然涌现出磅礴的欲望。

想到数小时后只有他们两人要潜入组织的老巢，在那里生命完全没有保证，抱女人说不定也是最后一次了。

瞬脱了T恤衫，单膝立在床上，然后上身就靠近了艾玛睡的方向。轻轻拉住盖在艾玛身上的毛毯稍微掀开，就看到了艳丽雪白的背脊。瞬的手抚上那个背脊，那手便向下滑去。艾玛的身体抽动了一下的同时，奈美子的脸突然浮现在了瞬的脑海中。奈美子的表情像是在向瞬寻求什么帮助一样，眼睛里蓄积了大颗的眼泪。

瞬在那个瞬间清醒过来。虽然不知是什么状况，但现在向艾玛出手肯定是不好的。瞬缩回了伸出去的手，就那样呈大字形仰面朝天躺在了床上。

奈美子现在到底怎么样了？自那之后打过许多次奈美子的手机，但一直是关机的状态。作为编辑，因为不知什么时候就会有工作相关的电话打进来，所以关机的状态是很罕见的吧。奈美子说不定正陷在某种危险之中，他无法相信自己现在竟然就这样去抱旁边的女人。

“你在想什么？”

背对着瞬，艾玛问道。

“奈美子的事呀。”

艾玛提起毛毯，上身转向瞬，手悄悄抚上了瞬的脸颊。

“你喜欢她也没用哦。因为你们是有血缘关系的。”

“我知道啊！”

瞬不由得甩开了艾玛的手。为什么要对艾玛说的话无端地生气？这种难以言喻的感情究竟是什么？

“艾玛真的爱着武藏老师吗？”

“不知道……不过，他肯定是我非常重要的人。”

艾玛这么说着，长长的睫毛静静地垂下，在眼皮处形成的阴影悲伤而美丽。

艾玛披上床边挂着的浴衣，从室内的小冰箱里取出一罐啤酒，拉开栓。

“你喝吗？”

瞬从艾玛的手里接过啤酒，一口气喝干了。突然看到窗外两棵高大的白杨树在夹杂着沙尘的大风中大幅度地摇曳着，痛苦地呻吟。简直像我们一样啊，瞬在心中嘀咕。

“你知道研究所的地址在哪儿吗？”

“我只知道，是在东西40千米，南北20千米叫‘鸣沙山’的什么地方。这是武藏生前告诉我的唯一的消息。”

“又要爬山啊……”

“鸣沙山并不仅仅是山。而是完全由沙子堆积而成的沙山。因为沙子会把脚陷进去，步行是相当困难的。”

“主要是沙漠吧？那样的话应该立刻就能找到了。”

“不，就航拍图片来看，并没有找到相应的设施。还有几个小时天就亮了，那时候我们立刻出发吧。”

瞬同意了艾玛的提议。虽然必须尽早找到户隐的老巢，但在这样的黑暗中连天空和陆地的分界线都难以辨别吧。

艾玛再次返回床上，开始静静地酣睡。瞬坐在床边，看向睡着的艾玛。也许是个寂寞的女人吧……一直盯着艾玛的睡颜看，不可思议地涌现出一种亲密的情愫。虽然不知道艾玛走过怎样的人生，但大约是和自己一样经常被孤独的情感支配着吧。

东方的地平线渐渐亮起来了，告诉人们新的一天开始了。瞬的喉咙深处发出一声小小的呻吟，代替了深深的叹息。

在充满了药品混杂的强烈气味的房间里，奈美子张开了眼睛。房间昏暗，窗户和窗帘都被关得紧紧的。这里到底是哪里？奈美子晕乎乎地搜寻自己的记忆。对了，我在敦煌机场下了飞机……雪丽所长来接我……所以……嗯……从那里开始就没有了记忆。

奈美子呆呆打量着没人的房间。20张榻榻米大小的房间正中央摆放着一张很大的实验用的桌子，靠墙一面的架子上排列着大量的药品。自己现在所在的地方，大概是雪丽研究所吧。

“那个……雪丽所长，你在吗？”

慎重起见，奈美子在没人的房间里试着呼叫，不过当然没有人回应，奈美子的声音被没人的房间静静地吸收了。

雪丽所长到底在哪里？她把目光转向桌子，一块白色的手帕被简单地放在那里。这块手帕感觉像是在哪里见过似的……奈美子无意识地伸出手去，在想拿起手帕的瞬间，来自机场的记忆突然复苏了。

在敦煌机场的大门口迎接奈美子的雪丽，向奈美子伸出血管浮现的纤细手臂笑脸相迎。经过化妆打扮的脸流露出不自然的年轻，剪得整齐的短发染成了像老太婆一样雪白的颜色。面对着那个奇怪的不协调的姿容，奈美子搞不清楚眼前的女性到底多大年纪，混乱了。

“初次见面。我是雪丽。谢谢你特意到敦煌来。”和雪丽说话的内容相反，她是用完全没有感情的冷冰冰的声音向奈美子说话的。

“不，是我突然来打扰您，不好意思。”

“车就停在对面，方便的话，请到我的研究室来慢慢谈……你看怎么样？”

顺着雪丽手指的方向，一辆小型的货运车停在那里。奈美子微微点头，和雪丽一起向车的方向走去。

来到车前，雪丽为奈美子打开了后面座位的门。后面座位的窗户贴着烟色薄膜，从外面看不到车里。看到这个的瞬间，奈美子便被一种难言的不安全感袭来，但疲劳的大脑思考不了更加复杂的问题。

“快上车吧！”

被雪丽一催，奈美子正想上车。但是，下一个瞬间，就被后面狠狠一撞，奈美子就滚进了车里。

现在，自己身上到底发生了什么事情？奈美子拼命整理被恐慌占满的大脑，不过，得出的答案只有一个，那就是雪丽打算对自己施加某种侵害。白手帕已经逼近眼前。扑鼻的带有刺激性的气味刺激着鼻腔的深处，意识渐渐远去。这种气味不能吸入……奈美子拼命告诫着自己，但意识还是立刻落入了黑暗中。

恢复了记忆的奈美子，独自一人面色苍白。

她把掉在地板上的包拉过来，从里面拿出了手机。必须尽快向外部寻求帮助。她颤抖着手正打算按下键盘，房间的门无声地开了，身穿白衣的雪丽走了进来。

“你醒了？”

“这是哪里？为什么要做那种事……”

“不管是哪儿都一样吧。这里是通信范围以外，所以没有信号。”

雪丽一副什么都没发生过的样子坐到椅子上，把采血管放在桌子上。

“这是？”

“需要检测一下你的血液。你说自己身体里有‘akarude’存在对吧？”

奈美子含糊地点了点头。自己现在还打算听到些什么呢？

这么一想，奈美子的身体便自然地僵硬了。

“我在论文中发表了‘アカルデ’细胞，你的身体里也存在同样的细胞。你就是想问这事儿吗？”

虽然已经有了心理准备，但这个事实突然被清楚地摆到了明处，奈美子动摇了。

“‘akarude’到底是什么东西？和‘akarudemino’有什么区别吗？”

“‘akarude’是体内天然生成的细胞，而‘akarudemino’指的是人工培养的细胞。不管是哪一种，对人类的脑细胞都有特殊的影响。”

听了雪丽的话，奈美子突然想到了自己小的时候。的确，自己从小就具备超强的第六感，难道那就是“超能基因”的作用吗？

“你果然是政子的女儿呀。”

雪丽咬牙切齿地嘀咕道，满是憎恶的目光看向奈美子。

“你知道我妈妈？”

“原本都是一样的研究员。那个垃圾女人的事，我很清楚。”

“请别那么说……”

雪丽惊讶地扬起眉毛，一脸意外地看着奈美子。

“明明被抛弃了，你还维护她？好奇怪啊！”

奈美子被堵得说不出话来，低下了头。

“为了方便就解释给你听好了。反正，你马上就要死了。”

听到意外的话，奈美子惊讶地抬起头来。作为户隐的女儿，她认为自己是肯定不会被杀的，但看起来似乎估计错了。

“你要杀了我？”

“和杀死你不一样，你是要为人类奉献肉体。这可是非常荣耀的事情。”

“你在说什么呢？”

似乎是感觉到了奈美子的困惑，雪丽继续说下去，脸上露出微笑。

“马上就要在新加坡进行集体催眠了。但是，有个问题。必须要有一个能够容纳550万人口的意识的地方。”

“难道要把那个……装进我的身体里面？”

“新加坡不是你，那里有宫本杏。”

听到耳熟的名字，奈美子不由得倒吸了一口气。宫本杏应该确定就是瞬的亲妹妹，这些家伙不仅是对我，还要把魔爪伸向瞬的妹妹吗？

看着一直默不作声的奈美子，雪丽大声笑起来。

“特别棒的经验！可以在一瞬间品味550万人的痛苦和快乐！”

奈美子满含憎恶地睨着雪丽，身体里的愤怒情绪咕嘟嘟地沸腾着。这些家伙真的是通人性的人类吗？

“没必要羡慕，已经为你准备了别的地方。”

“别的地方？”

“这里，中国。你的身体，要输入14亿人的意识。”

“欸……”

对于太过超现实的数字，奈美子一时间说不出话来。吞噬掉14亿人的意识的自己的样子，只是想象就已经让她反胃欲吐了。膝盖从刚才开始就止不住地颤抖，现在颤抖得越发厉害了，她感到身体的血色正在褪去。

“你们知道自己在干什么吗？”

雪丽忽然换了一脸认真的表情，直直地盯着奈美子。

“人类愚蠢。失去理性，互相残杀。”

雪丽闪着兴奋的目光，一步步向奈美子靠近，那双眼睛里透出疯狂的颜色。

“你要干什么！？”

雪丽举着手里的注射器，露出恍惚的表情。

“要增加你体内的‘akarude’含量。”

听了雪丽的话，奈美子不由得僵住了。如果母亲信上写的事情是真的，那么瞬的父亲就是因为“akarudemino”的增殖而殒命的。

“拜托了！停下！”

“计划不能改变，这是神的意志。”

雪丽口气强硬地断言道，快步靠近奈美子。

恐怕和这女人说什么都是没用的了。奈美子带着绝望的神色，目光看向逼近背后的药品架。似乎是无处可逃了。

“什么神的意志呀！这样的东西不过只是杀人武器罢了！”

伴随着激烈的心跳声，奈美子在叫出声的瞬间感觉到左腕被扎入了注射器，她感到意识向深深的黑暗中落去。我出生的时候是一个人，死的时候也还是只身一人吗？这样想着，奈美子的眼睛里落下一滴泪来。

好想在最后见见瞬……奈美子在心中祈祷。

第六章

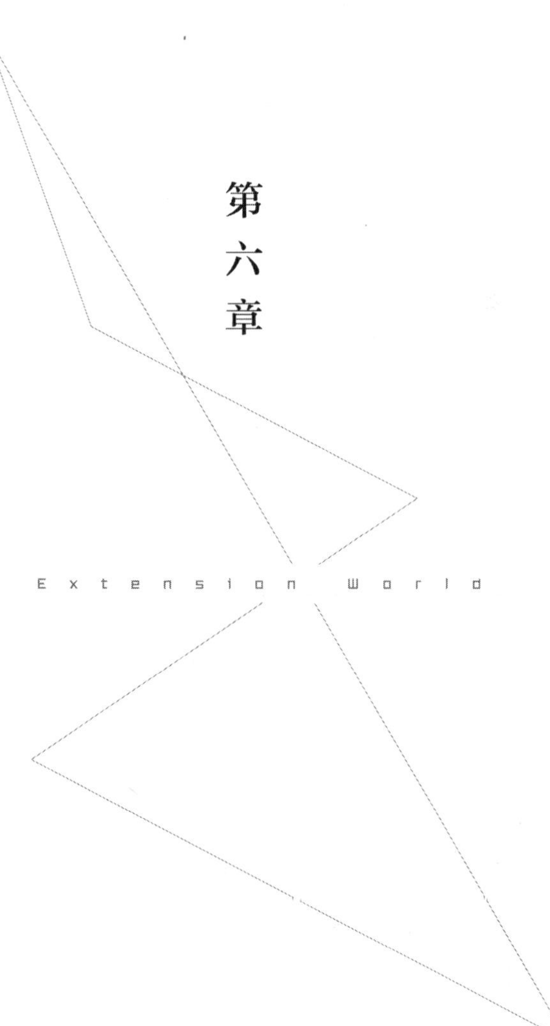

Extension World

那数秒感觉仿佛就是永远，高诚眼睛一眨不眨地盯着如慢镜头般缓缓打开的电梯门。从那个铁块中到底会出来多少人呢？

“布鲁诺！还需要多少时间把门打开？”

“怎么也还要3分钟……”

“知道了。”

布鲁诺脸上浮现的痛苦之色渐浓，另一边的悟志也毫无精神地盯着一点，两个人的肉体明显已经到了极限。无论如何，自己都必须拖延3分钟以上的时间。如果不能在这里坚持住的话，那么一切就都成了泡影。

高诚转回身来，纤细瘦长的人影在走廊上发出咔嚓咔嚓的脚步声，他知道那人正在向这边靠近。

难道是一个人吗？像是在回答高的疑问一般，脚步声突然停了，周围笼罩着紧张感。

“竟然能到这里来。我在等你们哟。”

划破空气般尖锐嘶哑的笑声，令高诚本能地觉得不快。

“是谁？”

“你知道的吧，高诚。”

在紧急照明灯的照射下，男人的脸在高诚面前朦胧地浮现出来。特有的光头，眼角细长清秀的单眼皮……全身都渗透出疯狂和残忍，高诚不由得倒吸了一口气。那人凹陷进去的眼睛阴森森地转动着眼珠，嘴角带着虚无扭曲的笑容。

“张平！”

虽然在很久以前就听过传言，但令自己全身都感觉到如此暴力的杀气还是第一次。到现在为止，这个男人究竟杀过多少人啊？正如所想的那样，眼前的男人被血腥包围着。

“你打算把小杏怎么样？”

“那个女孩与生俱来就拥有非凡的素质，对于组织来说，简直就是宝贝。”

“你们明明是要杀了她！”高诚像要吐出上涌的怒气一般道。

“并不是要杀了她。如果非要解释的话，那就是宫本杏会作为容器继续生存下去。”

“什么意思？”

“就是字面上的意思呀。宫本杏会成为收容这个国家所有人的意识的‘容器’，是不可能交还给你们的。”

“刚才你说的危险的事……”

“要是有空的话，陪你聊聊也可以，但我没时间。拖延时间的聊天就到此为止，现在，立刻去死吧！”

突然，张平的手掌像蠕动的白蛇一样，以飞快的速度贴上了高诚的脸。高诚感到不能顺畅地呼吸了，血向大脑涌去。高诚扭动身体正要甩脱那手的瞬间，头顶像被麻痹了似的剧烈疼痛四处流窜。简直像被什么人抓住了脑子，一把攥紧似的。他听到大脑深处传来一个声音：“杀了布鲁诺和悟志！”高诚虽然怀疑自己的耳朵，但那个声音却的的确确在大脑中回响着。

不好！这样想的同时，高诚的视线却和自己的意志相反，向布鲁诺和悟志的方向看去。停下！不能向那边看！高诚想集中意识控制自己，但身体却不听话。

“布鲁诺！悟志！快跑！”

高诚用尽全力大声吼道，布鲁诺和悟志回过头来。

“高诚！门打开了！”

视线所及之处，大开的门的入口正等待着高诚。

“高诚！你在干什么！？快走！”

眼前布鲁诺和悟志在招手让他快过去，高诚向布鲁诺和悟志的方向奔去。全身的肌肉波动，发出攻击布鲁诺和悟志的命令。快清醒过来！高诚拼命地对自己的身体说，但却止不住失去控制的身体。

高诚瞄准了布鲁诺的右脸，不留余力的一拳打过去。布鲁诺目瞪口呆的样子在高诚的眼中摇晃着。停下！停下……高诚拼命地对自己说，但却顺势骑在了布鲁诺的身上，毫不留情地挥下自己的拳头。布鲁诺举起手臂拼命护住自己的身体。

“高诚！住手！”

悟志想上去按住高诚的身体，但怎么也制止不住失控的高诚。高诚一甩开悟志的身体，接着就以悟志的腹部为目标踢了过去。随着低低的呻吟，悟志在他身后倒了下去。

“真精彩呀！”

背后传来尖锐嘶哑的开心笑声，如果有恶魔存在的话，大概就是这样的声音吧。

高诚再次举起了手臂，以布鲁诺的心脏为焦点砸下。他虽然明白这一拳不能打下去，但大脑里却不间断地传来“杀了他”的命令。悟志和布鲁诺是自己小时候独自一人忍受孤独时最初结识的可以称作“伙伴”的重要存在，自己会想要杀这样的两个人吗？高诚以绝望的目光凝视着自己的拳头。

不行了……这样想着，就要挥下拳头的瞬间，高诚觉得大脑中有什么东西崩裂开了，他的身体挺起来向后折去，好不容易维持住了平衡，收回了视线，大脑中回响的声音消失了，剧烈的头痛也消失得无迹可寻，头脑清醒得令人吃惊，和刚才完全不同。到底发生了什么？高诚环顾四周，悟志趴在地上抓住张平的双腿的画面便跃入了眼帘。

“高诚！快和布鲁诺去救杏！”

张平浑身震颤着凝视着空中的一点，像机械人偶般嘴巴一开一合。这种诡异的情形令高不由得愣住了。

“他怎么了？”

“我暂时侵入了他的意识……”

“你没事吧？”

“我没事！你快走！”

高诚把坐在地上的布鲁诺的胳膊搭在自己的肩上，使他的上身迅速起来。

“布鲁诺，对不起。能站起来吗？”

布鲁诺皱着脸，摇摇晃晃地站起身来。

“你清醒过来了吗？”

“还好吧。可是悟志君……”

“这里只能交给悟志了。”

高诚把布鲁诺的手环在自己肩上，向打开的门走去。

“张平那个样子到底是怎么回事……”

“大概是悟志侵入了张平的意识，解除了对你的控制。如果是这样的话，也许他们两人的意识正处在互相争夺的状态吧。”

听了布鲁诺的话，高诚总觉得有些说不出的不安。从自己被催眠的强度来看，张的能力一定是相当高的。大脑中仿佛传来了悟志的求救声，高诚努力把那声音从头脑中拂去。现在必须向前走！高拼命地劝说自己，进门踏入了刚才的走廊。

顺着走廊走了片刻，两侧出现了看来是研究室的镶着玻璃的房间。视线移向右手边的房间，苍白的荧光灯照射下，室内摆着许多实验器械，分割成一个个的小隔间，每个隔间里都摆放着小桌子和椅子。

高诚暂时停下了脚步，观察室内。

“高诚，快走吧！”

高诚被布鲁诺一催促，正要离开那个地方，形状像员工专用冰箱似的饲养箱跃入了眼帘。里面有近10只实验鼠发出咔嗒咔嗒的声音，在箱子里来回转动着。

“布鲁诺，你看那个。”

“什么？不就是实验用的老鼠吗？”

“看，那里面只有一只……”

高诚一副难以置信的样子，指着一只实验鼠说。那只实验鼠无视重力，在箱顶上无拘无束地乱跑着。布鲁诺也靠近了玻璃窗，紧盯着那只老鼠的活动。

“怎么回事？那是……”

“难道……不会是被投喂了‘akarudemino’吧？”

听了高诚的话，布鲁诺微微点了点头。

“应该是吧。这里一定是进行关于‘akarudemino’的研究的。”

“门打不开。”

高诚想打开研究室的门，但似乎是被锁住了。不管是推还是拉，门都纹丝不动。

“现在先往前走吧。”

高诚听了布鲁诺的话点点头，依依不舍地离开了那个地方。

来到走廊的尽头，高诚和布鲁诺都面面相觑。那里只有一堵白墙，并没有什么可以称得上房间的东西存在。布鲁诺打开拿着的示意图，呻吟了一声。

“奇怪呀，示意图上标的就是这里啊，可是……”

“会不会是墙壁那一边还有房间？”

“就算是那样，也没有入口……真的是房间吗？”

像是要确认布鲁诺说的话一样，高诚把手放在墙上的瞬间，随着咔咔咔的声音响起，眼前的墙壁开始反转了。

“布鲁诺，看！墙壁打开了！”

“是失去平衡就打开了吗？像忍者的机关物一样。”

布鲁诺钦佩地看着慢慢反转的墙壁。不一会儿，转动的声音停下了，进入房间的入口出现在二人眼前。漆黑的入口大张着嘴，仿佛在向高诚招手：“快进来！”

这个房间里真的有宫本杏吗？高诚一边感到期待和不安，一边一步踏入了房间里，下一个瞬间，刺激性的气味就从对面的墙上猛然袭来。过于强烈的气味，使得头脑似乎都不清醒了。

“什么啊，这个味道……”

布鲁诺也向下猛烈咳嗽着。

"好像是氨水的味道。"

"出租车司机说的味道，不会就是这个吧？"

听到布鲁诺的话，高诚深深地点了点头。这个房间里，果然是有什么东西。光线被遮挡的房间完全被黑暗包围着，高诚顺着墙边，一步一步小心翼翼地向前走。墙壁上的某个地方应该会有电源开关的。

正在此时，走在高诚身后的布鲁诺突然停下了脚步。

"哎，你听到了什么吗？"

与布鲁诺的上方反复发出的声音重叠，前方传来像呼吸似的声音——而且不是一个人。房间各处传来的呼吸声都遵循着一吸一呼的正确正常规律，听起来有好几重声音重叠在一起。高诚为了能听全全部的声音，一动不动地侧耳倾听着。

"除了我们还有人在这里，而且，数量不少……"

下一个瞬间，沿着墙边走的高诚摸到了一个硬的东西，也许这是电源开关吧。到底这房间里有什么呢？未知的恐惧遍布全身，但高诚还是下决心按下了开关。

安装在天花板上的直管型日光灯逐一亮起，漆黑的房间一下子亮如白昼。突如其来的耀眼光亮弄乱了平衡感，高诚一下闭上了眼睛，但又摇摇晃晃地缓缓睁开了眼。

"这是，什么啊？"

面对自己眼前展开的光景，高诚一时间说不出话来。不能理解，不能思考，抑制不住的恐惧像暴风般袭遍全身的肌肤后，高诚止不住牙齿打战咔嗒咔嗒作响。

在连一个动的东西的影子都看不到的荒凉沙漠地带，瞬和艾玛乘坐小型电动车到处查看。附近被干燥爽朗的空气包围着，但是在完全没有遮挡的沙漠地带从上到下都被毫不留情的太阳毒晒。

“热得好像在桑拿房里一样呀……”

瞬用手抹去大滴的汗，皱起了脸来。不愧是艾玛，连这种酷热也能耐得住吗？黑色面纱覆盖的脸上始终没有表情。

“除了鸣沙山之外，还有什么线索吗？”

“没有了。”

艾玛纤细的手紧握着方向盘，启动加速器。虽然用的是特殊轮胎，但轮胎现在就要被陷在沙里了。如果不快点发现什么线索……瞬一边控制住着急的心情一边环顾四周，但周围都是广大的沙漠，根本没有建筑物之类的。

“那个……你觉得组织的老巢会不会在这个沙漠的地下？”

听了瞬的话，艾玛向他投来了很有兴趣的目光。

“你也这么想？”

“啊，除此之外想不出别的了。”

“如果是这样的话，那就遗憾了呀。”

“为什么？”

“这个鸣沙山可是非常广大的沙漠地带哦。如果总说那个在哪里，光找寻线索恐怕就要浪费许多时间和精力哦。”

的确，正如艾玛所说的，就算这沙子下面有研究所也不知道建筑物场所在哪里，连入口在哪里都找不到，到底要花费多少时间啊。瞬不由得深深叹了口气。

“新加坡的日全食就在几个小时之后。我们再磨磨蹭蹭的话，那就真的是浪费时间了。”

“日全食几点钟开始？”

“9点22分。”

“现在呢？”

“8点过5分。”

“只有这么短的时间了 。”

艾玛用细高跟鞋的鞋尖踩下了刹车，把车停了下来。

“你打算怎么办？”

“就这样坐着车也找不到线索。只有爬到沙丘顶上找线索了。”

艾玛说完就从车上下来，开始环顾四周。

“步行？你是说真的吗？”

艾玛脱下细高跟鞋光着脚向眼前的沙山走去。

“先爬到那个顶上去吧。这个车上不去。”

艾玛指的方向有几座略高的沙丘连成一片。

“从这里步行上山顶，好像也要花不少时间呀。”

听了瞬的话，艾玛露出讶异的表情。

“说什么呢？你用能力的话不是很快就上去了吗？”

“在沙子上？”

“在哪儿都一样啊。你的能力就算在水上走路也行啊。”

“那艾玛你怎么办？只有我能移动的话……”

“不用担心我啦。”

艾玛脱掉细高跟鞋，换上轻便运动鞋，手臂环住了瞬的肩膀。

“你背着我移动不就好了吗？”

“我……背你？”

“嗯，你背着我移动是很简单的事吧？”

艾玛说着话，就在瞬的背上压上了自己的体重。汗和香水掺杂的气味轻轻飘进鼻孔的同时，柔软的乳房的触觉也通过后背传过来。昨夜，轻率地看了她的裸体，瞬禁不住红了脸。

“哎呀！你害羞了吗？”

仿佛在戏弄瞬，艾玛开心地笑了。

“别开玩笑了，再不认真，我就自己去了。”

瞬甩下艾玛的手臂，背对着艾玛独自一人向沙山走去。

“哎，你害怕死亡吗？”

背后突然传来艾玛认真的问话声。瞬回过身去，感觉艾玛和平常的坚决不一样，正用孱弱的目光看着瞬。

“突然这么问，是什么意思？”

“就是想问问。”

面对艾玛的提问，瞬说不出话来。想起来，死亡经常就在身边。每当有人死在自己眼前的时候，“想死”的心情也会变强烈，但一旦死亡就近在眼前的时候，自己又会强烈地渴望活下去。在相反的不可思议的感情之间，自己说不清是因为“什么”而活。

“我……想活着。”

瞬思考了片刻，第一次说出了自己的愿望，重新认识到自己对这个人世有着强烈的依恋。“是吗？原来我是想活着的啊……”瞬带着意外发现的口气小声嘀咕道。

艾玛像是看透了瞬的内心，低声笑了。

“再次确认自己的心意可是非常重要的工作哦。”

“艾玛呢，你害怕死亡吗？”

他想，自己也会问这种愚蠢的问题呀，为什么一定要问呢？我想知道艾玛现在在想什么。感到类似苦恼烦闷的感情从心底深处涌出，瞬不由得红了脸。

艾玛默默地凝视着瞬，忽然一笑。在风中，艾玛仿佛停住了时间的笑容凄婉美丽。

“我呢，加入组织原本就是自己的意愿。10岁的时候，父亲和母亲死于恐怖活动，从那时起我开始憎恨人类，愚蠢的不学无术的人类。就在那个时候，我遇到了户隐。户隐对我说明了创造出支配下等人类的‘新人类’的重要性，我由衷地钦佩他这种理论。”

第一次听艾玛说起自己的过去，瞬结结巴巴说不出话来。户隐为了一己之私欲，利用了背负着心灵创伤的少男少女的心，给他们洗脑。瞬的心中再次涌起无言的愤怒。

“可是呀，我还是有要感谢户隐的地方。因为是他给予了我高等的能力。”

“感谢？”

“你没有满足于自己的能力吗？”

从没想过艾玛所说的话，瞬不由得一时语塞。我满足于自己的能力吗？瞬试着拷问自己的内心，却不能立刻得出答案。如果没有遇见户隐，那么会有怎样的人生等待着自己呢？作为普通的青年在这个世界上过着普通的生活吗？这么一想，就觉得普通的日常生活是极其珍贵的东西。

“我不知道。幸福到底是怎样的，我并不是很清楚。”

“我的幸福，就是被武藏需要。回答你刚才的问题，我想尽快从这个世界启程……因为，那个世界里有武藏。一想到有他在，还有什么可怕的呢。”

瞬知道艾玛的肩膀在微微地颤抖，艾玛在这个世界上也想被自己需要吧。即便是户隐给予了她特殊的能力，但如果能被什么人需要，对于艾玛来说才是幸福的。

瞬悄悄地将艾玛的肩膀向自己身边揽了揽。

“别说那种话，我还需要艾玛呢……”

“谢谢。就算是骗人的，我也高兴。”

瞬运用超速度能力极快地跑到巨大的沙丘顶端，远眺着可以看见地平线的广大天空，天空里生命力满溢的太阳照耀着瞬和艾玛。瞬的心中第一次有了想要守护这个女人的想法。

就在这时，艾玛突然发出一声短促的叫声。

“嗨，看那里。”

瞬慌忙望向艾玛手指指着的方向，勉强可以看到沙漠中露出像塔似的中国式建筑和新月形的湖的镜面。

“沙漠的正中央有湖……”

“以前我听说过。鸣沙山的沙漠里有个叫作月牙泉的绿洲一样的地方。旁边丝绸之路时代的楼阁好像是复原的建筑。”

瞬努力地注视着那处建筑的轮廓和湖面，由于距离太远，美丽透明的湖，反射的阳光散布到周围，像小粒的钻石一样闪闪发光。在仿若珠宝箱一样的湖面前，瞬一时间说不出话来。

艾玛似乎在思考着什么，一动不动地凝视着湖上的一点。

“那里有湖的话，也许那片地下有水脉相通吧……”

“那又怎么样？”

“如果鸣沙山的某个地方有研究所的话，那必定需要水源。这么一想，那里就是非常理想的场所了。”

“不管怎样，我们只能先去那里看看了。”

“稍等一下……”

艾玛拦下了正要走过去的瞬。

“怎么啦？”

“楼阁的入口有人。”

瞬凝目向阁楼的周围扫视了一圈，别说人影，连活动的东西都识别不出来。

“会不会是游客？”

“不对，不是什么游客之类的。”

“你是怎么知道的？”

“没穿防沙服，所有人都戴着耳机一样的东西。会不会是研究所的人？”

“你是说……”

“对。那附近一定有连接地下的入口。”

“有多少人？”

“能看到的有五个人。”

艾玛的话令瞬咂舌。如果连入口附近都有五个人警戒的话，那么正面侵入很难吧。而且作为户隐的手下，极有可能和自己等人一样被投喂了“akarudemino”，是超能力者的可能性很高。

面对轻易不能靠近的状况，瞬不由得咬牙。

“怎么办？”

“只能从其他入口进去了。”

“还有其他入口吗？”

“月牙泉呀。”

瞬一动不动地凝视着远处的湖。

“你是说潜入吗？”

“对。就是这么回事。”

“如果没有的话，反而会引起守卫的注意呀。”

“那个下面，一定会有‘什么’的。”

“你怎么能这么断言？”

“因为声音呀。”

“声音？”

“刚才就一直听到有空气流通似的声音，但没看到还不能确定。”

艾玛认真地紧盯着水面。

“艾玛的能力真是厉害呀！我就什么也没听到……”

“我可没有你那样的移动速度啊。”

艾玛看向瞬，咧开了形状姣好的唇。

“走吧！”

瞬点点头，和艾玛一起向沙地下方走去。

到达月牙泉，瞬和艾玛一边警戒着周围，一边在湖的周围来回查看。附近水草生长茂盛，水面倒映出耸立在眼前的楼阁。

为了避开守卫的视线，瞬和艾玛弯下腰靠近水面。湖水比想象中的更加透明，似乎可以直接饮用。瞬用两手捧起水来，将水含在口中。

“嗯，是可以喝的。”

艾玛也像瞬一样，用两手捧了水，舔了一口。

“被人工过滤过的呀。”

“人工”这个词令瞬不由得绷起了脸。也就是说，这下面果然是有什么设施，一定没错。

瞬一动不动地盯着水里摇曳的水草，能看到的水底并不算深，但底下到底是怎么样的呢？对于游泳虽然还有某种程度的自信，但下潜就有限度了。如果不能潜到指定的目标位置，那可就要命了。

“艾玛，你刚才听到的通气声是在哪一带？”

艾玛闭上眼睛，将全副精力都集中到耳朵上。艾玛现在到底听到了什么声音呢？瞬紧盯着艾玛认真的侧脸。

过了一会儿，艾玛睁开眼睛，指向了湖中的一点。

“在那一带。”

瞬看向艾玛指的方向，湖面有小小的气泡生成。

“明白了。我去看看，艾玛待在这里吧。”

瞬脱下身上的T恤衫，潜入湖中。水本身意外地温暖，水深大约5米吧。知道是比较浅的湖便安心了几分，但水面漂浮的水草纠缠在一起，仿佛在阻拦瞬的去路似的，令他怎么也难以前行，这种状况让瞬很着急。

就在这时，瞬的视野里出现了正在向艾玛背后靠近的男人的身影，艾玛大概是没有察觉那个男人吧，一直看着瞬的方向。

“艾玛！背后！”

听到瞬的叫声，艾玛刚一回头，隐藏在草的阴影中的男人们就一个个向艾玛袭来。那敏捷的身手，应该是受过高强度训练。如果被抓住，肯定会被杀。瞬向艾玛大叫：“艾玛，跳下来！”

艾玛丢下穿着的旅游鞋，迅速跳入湖中。男人们也溅起水花，紧追在艾玛的身后。艾玛到达瞬身边的时候，两个男人也紧跟着追到了旁边。无论如何都没有犹豫的时间了，瞬深吸了一口气身体向湖中潜去。一边用手分开水草，一边看向湖底，但并没有什么奇怪的东西，就只是广阔的沙底而已。

瞬从水面探出头来，深吸了一口气。男人们已迫至眼前。

“不行！没有入口！”

就要放弃的时候，瞬觉得脚尖周围的水温在急剧下降，吓得他身体一震。感觉下面似乎有什么冒着冷气的东西出来了似的。为什么这个地方只有这个位置会冷呢？瞬觉得很可疑，便再次潜入了水中。不管是多微小的东西也不能看漏了。他告诫自己，视线紧盯着水底。是这个！瞬感到禁不住的怦怦心跳声。那个按钮明显是人工制作的东西，是为了启动什么被安装的。

一旦按下这个按钮，就不能回头了。瞬像是说给自己听似的，把食指放在了按钮上，用力按下了那个开关。

高诚一时被眼前展开的景象惊呆了。

这个房间让他想起了“无限宽广”这个词，非常广阔。房间的中央摆放着约5米见方的巨大的正方形密封舱 。而更加诡异的是，那周围还等间隔放置着真人大小的密封舱 。密封舱 里一丝不挂的少男少女们一动不动地凝视着高诚和布鲁诺。

高诚靠近其中的一个密封舱 ，悄悄用手拍了拍那光滑的表面。密封舱 里被灌注了乳白色的液体，里面的美少女蜷缩着背部，目光空洞地对着他。少女的胸部有规律的上下起伏，静静地呼吸着。

“这是怎么回事？”

“就看到的来说，是被放入了特殊的溶液呀。”

高诚一动不动地凝视着密封舱 里如新生儿一般蜷曲着身体的少女，就算眼睛是睁开的，从那里也感觉不到意志，少女只是存在于这里的“物体”而已。你为什么会在这里？高诚想试着问密封舱中的少女，但完全不能期待她的回答。而另一方面，呼哧、呼哧的人工呼吸器的声音却回荡在寂静的房间里。

“欸，中央的密封舱 里好像没人吧。”

听到布鲁诺的话，高诚抬起头来。确实，格外巨大的密封舱 里似乎是没有人的。难道那里面将要被装入的是宫本杏吗？高诚正琢磨着，听到背后传来了脚步声。

“你们来救我，真是太高兴了。”

听到年轻女子的声音，高诚吃惊地回过头去，相貌端正的美丽少女正满面笑容地站在那里。和瞬一模一样的容貌，让高诚立刻知道这个少女就是宫本杏。白色无袖连衣裙，裸露着苍白纤细的手臂，赤着脚。杏这样怪模怪样的出现虽然让高诚吃了一惊，但还是立刻跑到了杏的身边。

“太好了！你没事。”

杏突然咧开苍白的唇，一双大大的眼睛一动不动地盯着高诚和布鲁诺。

“来得太晚了，我都等烦了。”

“对不起。还好赶上了！”

杏说的话虽然令高觉得有些违和感，但立刻又被他丢到了一边，现在必须尽快带着杏逃离这栋建筑。高诚用力抓住杏的手腕，奔向入口。

“快逃！”

“不要！”

杏甩开了高诚的手，突然大声笑起来。

“不好意思呀……好不容易跑来救我。不过，我还不能回去，也不能让哥哥们回去。”

糟了……高诚正在心中嘀咕，背后的墙壁开始发出了轰轰轰的剧烈声响。墙壁转动，刚才一直开着的入口就要关闭了。

“布鲁诺！入口要关闭了！”

高诚和布鲁诺同时向入口奔去，但还是晚了一步，墙壁的转动啪的一下停住了，刚才一直开着的入口完全消失了，踢上去也纹丝不动。

杏看着那情形，发出天真烂漫的笑声。瞳孔张大的眼睛左右转动着，带着只有嘴角被牵扯出的笑容，仿佛是个机器人娃娃。

高诚直视着杏的方向，紧盯着那双眼睛。

“欸，小杏。这是怎么回事？你能说明一下吗？”

“那个啊，我想把哥哥们放进密封舱 里呀。”

杏像是央求他们的样子，歪头指着房间角落里空着的密封舱 。密封舱 的入口门像掀开的盖子一样向上打开了，像是在等待着高诚他们现在就进去。

“那个密封舱 是什么东西？”

“是放了名叫‘HERIMINARU’液体的氧气密封舱 哦！”

“可以呼吸吗？”

“可以呀！密封舱 里面很温暖很舒服的，简直就像在妈妈肚子里一样呢。”

高诚再一次把视线投向球体密封舱 ，HERIMINARU大概就是可以通过液体呼吸的特殊溶液吧。突然，高诚的脑海中浮现出漂浮在母亲羊水中的新生儿的样子。

“让我们进那里面，你打算做什么？”

“咯咯”，杏发出仿佛从喉咙里挤出来的笑声。

“进入那里面，就可以最大值地增殖‘akarudemino’了！这样的话，能增加大脑运转的领域，那些空下来的地方就可以装取他人的意识了。哥哥们也会帮我的吧。”

“帮你？什么？”

“当然是集体催眠的事情呀！因为只有杏自己一个人的话，会感到不安的。好了，快到密封舱 里面去吧！日全食马上就要开始啦。”

“马上？”高诚听到杏的话，一瞬间有些怀疑自己的耳朵，急忙将视线转向自己的手表，手表指针正指向9点12分。“糟了……”高诚在心中懊悔。因为身处光线无法进入的室内，所以完全失去了时间的概念。

“布鲁诺！距离日全食，只有10分钟了。”

高诚靠近旁边面色发青的布鲁诺。

“嗨……我希望你们能快点儿进去呢。”

杏依旧带着天真无邪的笑容，但那张脸渐渐僵硬起来。

“如果……我说不呢？你要怎么办？”

高诚目光锐利地看向杏。虽然不能对瞬的妹妹加以危害，但话说回来了，也不能眼看着自己被放进密封舱 吧。

“你这样说的话，杏很伤心呀。”

杏用抱怨似的语气提高了嗓门，紧接着忽然睁开眼睛，以眼睛跟不上的速度向高诚和布鲁诺跑来。好快！高诚慌忙向后退去，但杏两手抓住了高诚和布鲁诺的手臂，就那样举起了两人的身体，猛地向墙壁扔去。强烈的冲击游走在背部，脑袋剧烈地摇晃，视野模糊，从身体里呼地冒出汗来。回过神来，高诚已是背靠着墙四肢无力地坐了下来，旁边的布鲁诺抱着肚子呻吟出声。这样纤细的少女，到底是从哪里出来这么大的力气啊？

“小杏，我们不想伤害你……”

高诚大口地喘着气，勉强说道。

“这一点，杏也是一样的哦。”

紧接着，高诚的身体轻飘飘地浮在了空中。难道……他正琢磨着，身体已经被摔在了混凝土的地板上，眼前带着微笑的杏正骑坐在他身上。面对连什么时候被攻击了都不知道的速度，高诚不由得咆哮出声。对方既然是这种打算，自己也必须认真对待才行了。高诚将杏撞出老远，眼睛从黑色变为了灰色。

“终于来真的了呀。”

杏的身体迅速旋转，消失在高诚的视野里。视线360度扫视，却没有看见杏的身影。消失到哪里去了？高诚集中精神，迅速计算杏会从哪里现身。是上面！视线猛然转向天花板的瞬间，杏手里拿着刀从天花板猛扑过来。唰地随着划破空气的声音，高诚感到面颊一阵微痛。千钧一发之际虽然避开了，但脸颊还是迅速流出血来。

“好厉害啊！竟然能避开！”

眼前的杏，刀子像是她身体的一部分似的，滴溜溜地转动着。面对那精妙的手法，高诚停下了动作。若行动不慎，自身还会受刀伤吧。

杏的视线忽然从高诚转向了布鲁诺，宛然一笑。糟了……她要对那边动手！

“布鲁诺！快跑！”

布鲁诺正想快速站起身来，杏已经快速转到了布鲁诺的背后，把刀子架在了他的喉头上。布鲁诺面色苍白地停下了动作。

“不行！我逃不掉！”

“小杏……请你住手！”

“那就快点儿进密封舱 去。如果30秒内你们没进去，我就杀了这个哥哥。”

杏说着话，把刀子压在了布鲁诺的喉头上，深入肉里的刀子马上就要割裂布鲁诺喉咙的样子。

“1……2……3……4……”

昏暗的房间里响起杏令人毛骨悚然的声音。如果不进入密封舱 的话，杏就会毫不犹豫地割裂布鲁诺的喉咙吧。高诚看向密封舱 ，缓缓迈出了步子。至少要拖延时间，必须找到杏在瞬间露出的破绽。

“11……12……”

背后传来的声音逐渐大起来，高诚来到密封舱 前，向杏的方向看去。

“只要进去就行了吗？”

“15……16……”

杏不答高诚的问话，继续把刀压在布鲁诺喉头数数，从她的表情中看不到一点儿犹豫和破绽。看来无论如何自己都只有进去了。

“30……”

就在杏数完数的时候，高诚带着决绝的神情踏入了密封舱中，紧接着伴随着咔嚓一声入口关闭，高诚被关闭在了密封舱内。他试着踢了踢门，门如预想中一般纹丝不动。仓内是连转身挪动都不能的狭窄，上部安装着软管一样的东西。伴随着刺穿脑仁儿般的腐败气味，从软管里滴滴答答流出乳白色的液体来。这种液体大概就是HERIMINARU吧。高诚的本能告诉他，这种液体碰不得。他拼命呼喊着，但在狭小的密封舱 里要躲开这种液体太难了。

杏一直看到高诚进去，才满意地点点头。

“好了，乱蓬蓬的哥哥也进去吧。”

大概是知道反抗也无用吧，布鲁诺也踏进了放在高诚旁边的密封舱 里。这个状况已是不可能逃出去了，高诚神情绝望地听着隔壁密封舱 咔嚓一声关闭的声音。

水中的沙子打着漩涡被静静地吸入进去。瞬惊讶地凝视着眼前的景象。10秒钟后，水底的沙子全部被吸进去了，那下面出现的是直径约两米的开着洞口的粗管。那洞口一边释放冷气，一边以可怕的吸引力吸入湖水。

管道不知深深地被连接到哪里去，在巨大的吸引力面前，即便是瞬也没有丝毫的抵抗能力，瞬只能用力扭转身体充满决心地看向艾玛，向她伸出了一只手牢牢地抓住了她。

那洞口发出咕咕的声音，要将一切都吸入进去。

瞬紧紧地握住了艾玛的手，投身于洞中。

被猛烈的水压挤压得七荤八素的，瞬拉住艾玛的手拼命挥动手脚。是1秒钟，是1分钟，还是1小时……不知到底过去了多长时间，瞬的时间概念已经混乱了。紧紧握着瞬的手的艾玛的力量也渐渐减弱了，瞬知道艾玛的体力已到了临界点。拜托，如果有空间的话，就快点儿在我们面前出现吧……就在瞬带着祈祷的心情不断向下前进的时候，瞬和艾玛的身体突然被抛出扔到了空中。

那的确是一瞬间发生的事。被抛出扔到空中的瞬和艾玛的身体随着排出的水一起头朝下扑通一声再次落入水中。

瞬在水中一边挣扎一边想办法使身体浮起来，拼命地吸着气。艾玛在哪里？试着环顾周围，却不见了艾玛的身影。在哪里……在哪里？他抑制着焦躁的心情再次潜入水中，视野里亮闪闪的金属质物品漂浮在眼前。

“艾玛！”

那是艾玛脖子上戴的钻石项链，在精疲力竭的艾玛的颈部静静地摇曳着。瞬抱起艾玛的上身向上游去，拼命摇晃着她纤细的身体。

“你没事吧？挺住！”

艾玛脸色苍白，气息若有若无。拜托了……睁开眼睛。瞬祈祷着把艾玛的脸捧在手心里，那双大眼睛缓缓睁开了。

“我没事了。”

“太好了！我以为自己的心脏都要停跳了。”

艾玛深深地呼吸了几次之后，终于恢复了镇定，看向四周。

“这里像个巨大的蓄水池呀。”

听了艾玛的话，瞬才注意到他们现在正在一个巨大的蓄水池中。粗略看来，面积和小学校的体育馆差不多大吧。周围被球体状的圆形墙壁覆盖着，上方安装的裸露在外的管道正排放着大量的水，自己二人大概就是从那个洞口被抛入蓄水池的吧。

“这里要是没有水的话，那就惨了……”

“是啊。摔在地上的死法太恶心了吧。”

瞬的脑海里突然浮现出两条金鱼在空鱼缸里嘴巴一张一合疯狂乱跳的样子，他立刻把这种印象从大脑中甩了出去。

瞬扫视了一圈，确认蓄水池内没有除了自己二人以外的人，才暂时安心地舒了口气。就算是组织的人，也没有跳进那里面的勇气吧。对于自己鲁莽的行为，瞬不由得露出了苦笑。

“你在笑什么？”

“没有，就是觉得那些家伙果然不敢追到这里来。”

“乐观看事物可是大忌。我们侵入这里的事情恐怕已经被上报了，继续发呆的话，会立刻被抓住哦。”

“没有通往建筑里面的入口吧？”

“是不是那里？”

瞬的目光顺着艾玛指的方向看去，水中垂直立着一架梯子。梯子有5米左右的长度伸进里面，怎么看那里都像是与建筑内部连接的入口。

“我先过去看看情况。”

瞬游到目的地，伸手搭上冷冰冰的铁梯。从下往上看的时候才知道，梯子还是相当高的。虽然瑟缩了一下，但瞬还是立刻扶着梯子开始往上爬了。

爬上5米的高度，眼前出现了一道和墙壁同色的门。像是改变身体颜色和背景融为一体的变色龙一样，这扇门很没有存在感。保佑……门没有锁上。抱着祈祷的心情，在梯子上保持着平衡慢慢转动门把手，随着嘎吱的钝音，生锈的门开了。

“太好了！开了……”

门内和想象中的一样，里面和通往建筑内的通道相连。瞬向下面等待中的艾玛打了个让她上来的手势。

艾玛哗啦一声从水中探出身来，水花四溅，她登上了梯子。吸足了水的衣服像强调身体曲线一样紧紧地贴在身上，水滴从濡湿的头发上滴落。先一步进入建筑内的瞬视线避开了艾玛的身体，伸出手去。

“好了，抓住我。”

“谢谢。”

把艾玛拉进建筑内关上门，瞬环顾纯白的走廊。带着霉味儿的走廊里，没有灯伞的微型灯泡散发出令人毛骨悚然的光，两侧的墙壁上排列着等距离的门。这个情景自己是在哪里见过……带着强烈的似曾相识的感觉，瞬一动不动地凝视着其中的一扇门。

“太像了……”

站在旁边的艾玛听了瞬的话，也点点头。

“是呀。和我们待过的研究所一模一样。”

“可是研究所所处的地方是在日本的某个山里吧？这里是中国的敦煌。到底是怎么回事啊？”

“你为什么以为研究所所在的地方是日本呢？”

听了艾玛的话，瞬觉得大脑如遭当头棒喝。试着解释的话，就是日本的山里有研究所这件事只不过是自己的过度臆想。小鸟的叽叽喳喳声，小河的流水声……所有的一切都并没有实际看到过。

“可是，我是在歌舞伎町的入口处醒来的啊？我能无意识地从敦煌到歌舞伎町去吗？”

“是啊，为什么不能？”

“也就是说……”

“我们在不知不觉中，返回了原地。”

瞬的脑海里浮现出在自己身后户隐微笑的脸，少年时期的记忆在大脑中奔涌，疯了似的恐惧渐渐包裹了全身。我逃不掉的……瞬神情绝望地凝视着地板上的一点。刚才的精神气魄全消，身体里的力气被一下子抽空了。如果可以的话，瞬迫切地希望能够立刻逃离这个地方。

“走吧。这里如果是我们待过的研究所的话，那么4层应该有研究室。”

艾玛拉上他的手臂的瞬间，瞬粗暴地甩开了她的手。为了不让艾玛发现手的颤抖，他把手唰地背到了身后，扭过脸去。斗志全消，连向前迈进的气力都没有了。小时候，被户隐钉入骨髓的痛苦记忆还要让今天的自己吞下去。

“怎么了，你不打算去了吗？”

“去了，也没用啊！”

“你在说什么呢？在这里的话，只能被杀哦。”

“已经够了……”

瞬就地坐下来，双手抱膝闭上了眼睛。像是为了嘲笑自己一样，不管去哪里，去做什么，都会跟着个“影子”。自己绝对不可能逃离那个影子，如果是这样的话，那就只有接受命运吧……

随着头顶上传来的一声深深的叹息，冷淡的目光落在了他的身上。

“没想到你这么没骨气。我先走了，你就一个人待在这里等死好了。”

艾玛背转身向前走去。呆呆地听着逐渐远去的脚步声，瞬抬起头来。那里没有了艾玛的身影，只剩下恢复了寂静的走廊在眼前延伸。

“艾玛？”

瞬缓缓站起身来，目光呆滞地望向延伸向前方的走廊。这么短的时间里，艾玛到底去了哪里呀？仰头向上看，天花板上安装着监视器，红色的灯一闪一闪的。

反正你就在监视器后面看着我们的样子发笑吧？瞬以差不多自暴自弃的心情瞪着镜头。就在这时，镜头骨碌一转，监视器的焦点对准了瞬。停下！别看这边！瞬在心中大叫了一声，跃入眼帘的应该是已经死去的隆的身影。这是自己的幻觉吧？瞬用力揉了揉眼睛，隆的身影却没有消失。

隆用呆滞的目光紧盯着瞬，动了动嘴角。

“瞬君，我们的约定呢？”

听到这句话的瞬间，瞬全身如遭雷击。

“不是的……”

瞬像个在辩解的孩子，意识到的时候自己正在拼命地摇头。自己的确是和隆约定过，要改变未来。但是，自己的能力还是有限的。一开始就和户隐不在一个水平线上，要反抗曾经的老师，自己真是太鲁莽了。

隆清澈的眼睛看着瞬，被隆的目光刺遍全身，吱啦吱啦如火烧一样的疼痛袭来。

“我相信瞬！”

“不要！”

“瞬君，再去努力吧！”

隆说的话如巨大的重石般压下来，隆说的话在瞬的心中奔腾。自己能救得了母亲、妹妹、奈美子和这个世界吗？瞬再一次在心中问自己。

瞬把一只手慢慢放在了心脏的位置，扑通扑通的规律正常的声音顺着手掌传遍了全身，这如实地显示着自己还活着，让他想起了先前对艾玛说过的话“我想活着”。

还不能放弃，瞬调整好呼吸抬起头来。如果在这里就放弃了，自己也会被杀掉的。

瞬在颈部结了个手印，以风一样的速度穿过了走廊。如果这里就是自己曾经被抓来的地方的话，那么“akarudemino”的母细胞应该就在4层的研究室里，艾玛大约也是向那个地方去了吧。艾玛，你一定要没事……瞬在心中为艾玛的平安祈祷。

到达电梯大厅，并排的两座电梯中其中一座的层数显示灯一闪一闪地跃入瞬的眼帘。艾玛大概是乘电梯上4层了吧。瞬看向电梯旁边的安全梯，一口气沿着楼梯向上奔去。

瞬到达4层的时候，电梯还没有到，只有机械的声音在昏暗的大厅里回响。瞬调整呼吸，等待着艾玛从里面走出来。

随着叮的一声电梯门开了，艾玛从里面走了出来。艾玛发觉是瞬，呼地舒了口气，一脸惊愕地站在了那里。

“你别吓人啊……”

“对不起，我想和你一起去。”

“不是去了也没用吗？”

“我改主意了。”

艾玛用冰冷的目光看着瞬，瞬并不躲避，而是直接看了回去。二人视线相交，周围被一片诡异的寂静包围着。

“我不会再信任说泄气话的男人。”

艾玛冷冷地说完，转身走去。

“艾玛！等一下！”

瞬慌忙追上去，正在此时，艾玛突然停住了脚步。脸上的血色像一下被抽光了似的苍白。

“怎么了？”

“是HERINARU的味道，而且不是一般的量……”

瞬才反应过来事情的重大，恐惧使他脸都僵硬。

“你知道是哪儿来的味道吗？”

瞬认真地问，艾玛把美丽的侧脸转向了正面，目光随着长长的走廊延伸。

“是那个走廊的里面。”

“里面应该是研究室。”

户隐利用“HERIMINARU”到底有什么企图呢？想得越多浮现出的只剩了最坏的状况，大脑中杂乱无章，不安在扩大蔓延。

两人的目光看向走廊，瞬的脚下传来微微的震动。不知是不是心理作用，瞬觉得那震动越来越大了。

“这晃动是怎么回事？”

听了瞬的话，艾玛露出惊讶的神情。

“有人来了……我听到了脚步声！”

“往这里吗！？”

“嗯，快隐蔽！”

瞬环顾周围，并没有可以逃进去的房间。这期间，脚步声向着瞬和艾玛的方向渐渐大起来。现在没有时间考虑了，瞬扛起艾玛，在颈部结了手印，全速在走廊上奔跑起来。周围的景色一闪而过。

“等等！放下我！”

艾玛在瞬的肩膀上手脚乱动乱蹬拼命抗拒。瞬在铁制的黑色门前停下了脚步，慢慢将艾玛放了下来。

“别胡闹，很危险吧？”

“你说你跑到这里面来是要干什么呀，这不成了口袋里的老鼠了吗？”

“藏在哪儿？没地方躲啊。”

瞬靠近那扇门，视线从上到下慢慢打量。表面上的构造很坚固，找不到门把手一类的东西。

瞬在门前想得正烦闷，旁边的艾玛小声道：“这里有一个密码盘。”

瞬向艾玛提示的方向看去，门旁边有个表示输入密码的界面，排列着从1到9的数字。

“你知道……密码吗？”

“不知道。”

瞬向后回过身，看向刚才自己二人狂奔而来的走廊。底下传来无数的脚步声，现在正在向瞬他们逼近。

“快！快点儿！”

一脸焦急的艾玛拍了拍瞬的肩膀。

“我知道……”

瞬将适当的数字输入界面，但无论放入哪个数字都会亮起表示错误的显示灯。眼前的门似乎是打不开了。能输入的数字是3位，到底要输入什么数字才能打开这如铜墙铁壁般挡在眼前的门呢？越焦急手抖得越厉害，汗水从额头滴落下来。

就在这时，他发觉墙内传来熟悉的女子哭泣声。

“嗨……你能听到里面传出的声音吗？”

“我没听到啊……”

艾玛疑惑地看着瞬。艾玛听不见的话，难道是自己听错了吗？瞬再一次侧耳倾听，的确有女子悲伤叫喊的求救声。在想起这个声音的主人的瞬间，瞬感到背脊上一阵凉意。

“这扇门的那一边，是奈美子。”

“奈美子？”

“对，一定是她。”

那一瞬间，瞬的大脑中某种预感一闪而过。莫非这道门的密码是……瞬抑制住兴奋的心情，在里面输入了“735”这三个数字。一切的开端，都始于奈美子的存在。这样想来，除了“735”这三个数字，想不出还有别的了。

“不行啦，打不开……”

瞬的旁边，艾玛放弃似的垂下了肩膀。

“不，一定能打开。”

密码一定是对的。瞬抱着祈祷似的心情把额头贴在了门上。

背后紧逼的追兵们正在穿越走廊，瞬就要放弃的时候，门向左右一分唰地开了。

“开了，快进里面！”

被艾玛催促着，瞬在踏入房间的同时，背后的门就关闭了，周围完全被寂静包围着。里面很昏暗，充斥着发霉的味道。

从追兵手里逃出来了……抚摸着胸口放下心的那一刻，一股像厨余垃圾发酵般的恶臭就飘到了瞬的鼻尖。过于强烈的气味令人发狂，这就是“HERIMINARU”的臭味吗？瞬用手背砰砰敲了敲太阳穴，调整着做了个深呼吸。这气味虽然厉害，但在这个房间里，就必须适应它。

终于有了闲心，瞬环顾室内，各种各样的实验器具被整齐地摆放在桌上，自己二人所处的地方一定就是研究室没错了。“akarudemino”的母细胞，一定就被保管在这个房间的某个地方。瞬这样坚信着，视线转向艾玛。她从刚才开始就一直很安静，到底是怎么了？

“艾玛？”

连瞬的呼唤都没回应，艾玛呆呆地盯着房间的一角，那双眼睛里清楚地映出浓郁的恐惧之色。瞬感到脊背发凉，艾玛到底看见了什么呢？

“感觉如何啊？”

听到如机械般毫无感情的话，瞬的背后升起一股恶寒。目光转向声音传来的方向，身穿黑色忍者服的户隐正站在那里。

“户隐……”

“能够见到你们两个真是太高兴了，大老远竟然还能跑来。”

“骗子……明明根本不是那样想的。”

“是真的哦。在今天这个最崇高的日子里，就我一个人也太寂寞了呀。客人多了，我高兴极了。”

“客人”的说法，把瞬的怀疑变成了确信。没错，奈美子就在这个房间里的什么地方。刚才开始就一直听到的啜泣声，在瞬的脑海里越发大了起来。

“奈美子在哪儿？”

瞬满含憎恶地瞪着户隐。

“请不要大声吵嚷，这里可是神圣的地方。”

“她还活着吗？”

“当然咯！现在还在睡着，不过差不多必须起来了。”

“你要做什么……”

“亚洲各地的日全食马上就要开始了。当日全食所携带的死与再生的能量降临地面的时候，我们的意识会在0.001秒的时间内离开肉体。”

不能理解户隐究竟在说些什么，瞬皱起了眉头。

“这和奈美子有什么关系？”

“人类离开肉体的意识不能就那么放着不管啊。中国将由我的女儿奈美子负责，新加坡则是宫本杏，她们将充分发挥作为容器的作用。”

“容器……”

“对，是收容意识的容器。她们生来就是供神的羔羊，所以当然要完成她们神圣的职责。”

瞬全身的毛孔里冒出大量的汗来，从地下涌出无数的叫喊声在拼命地向瞬求救。

“现在立刻停止你的计划！”

“那可不行。我们将改写这个腐朽的世界，我们有着构筑真正和平和理想的世界的崇高目标。”

“别开玩笑了……你真的以为这样是正确的吗？”

“那么，你所说的‘正确’到底是什么呢？”

“那个……”

面对户隐的质问，瞬不由得哑口无言。

户隐感觉到瞬的踌躇，又乘胜追击继续道：“你小时候杀了你的同班同学吧？”

“我并没有杀他，隆是自杀的。”

“你在说什么呢？伤害对方，逼迫他自杀的，不是别的，不就是你吗？你这样的人所说的正确简直是笑话。”

户隐冷笑道，把手伸向了墙上安装的开关。背后传来门扉开启的声音。

“虽然我想直接干掉你，可差不多到时间了。久别重逢，我还是挺开心的。”

户隐迅速转过身去，身影再次消失在了黑暗中。

“欸！等等……”

瞬正要去追户隐，凉飕飕的冷风吹上了他的背脊。转回身去之前就有了不祥预感，却又不得不转过去。瞬做了个深呼吸，缓缓向后转回身去。

“不会吧……”

身穿黑色忍者服的追兵站在瞬的眼前，一眼看去足有二三十人。

艾玛悄悄凑近瞬的耳边小声嘀咕。

“拖延时间。”

“你打算怎么办？”

“使用能力搜寻母细胞。”

听到艾玛强硬的口气，瞬点了点头。

“要拖多久才行？”

艾玛的目光粗略地扫视了一遍房间，神情严峻地看向瞬。

“是啊。10分钟……不，如果有5分钟的话……”

“你尽快！”

看了一眼手表，时针已经指向了9点钟，距离日全食连20分钟都不到了吧。瞬目视正前方，脖子左右嘎巴嘎巴响了几声，已经一分一秒都不能浪费了。

“艾玛，上！”

就在瞬大叫的同时，面前的追兵们也一齐攻向了瞬和艾玛。不能让他们靠近艾玛……瞬在脖子处结了个手印，锐利的目光看向紧逼过来的男人们。

目光看向昏暗的研究室，艾玛深深呼出一口气来，放开五感。一切根源的母细胞，一定在等待着被我们发现。你在哪里呢？艾玛闭上眼睛，在心中温柔地问道。

仿佛在回答她的问题似的，一股香味轻飘飘骚动着艾玛的鼻孔。这股味道究竟是从哪里来的呢？越想越想不起来，我曾经在哪里闻过这个味道……

艾玛把脸转向味道传来的方向，用鼻子吸入气息。对了，这是记忆中母亲的味道。淡淡的奶香似的香甜味……

回过神来，艾玛的眼睛里已淌下泪来。为什么会哭？连自己也不明白，但不可思议的是，仿佛被母亲抱着的温暖从脚下传来。

艾玛在玻璃柜前停下脚步，弯下腰去拉开门。在柜子中央放着冻结保管细胞的液氮罐。

“就是这个……”

艾玛从柜子里把罐子抽出来，用手打开了盖子。这里面，是一切根源的存在。这样一想，就全身肌肉紧张僵硬，冷汗淋漓。自身的一部分，就在这里面。

艾玛用力慢慢拧开盖子，伴随着冷空气从里面溢出大量水蒸气来。视线被遮蔽，眼前被纯白的世界包围着。

妈妈一定在守护着我……艾玛睁大眼睛，下定了决心把手伸进了罐子里。

底部很深的罐子中应该存有相当数量的细胞保管用试管吧。艾玛用指尖一支一支地确认碰到的硬硬的触感，把全副精力都集中到指尖上，从中取出一支玻璃试管来。

“找到了。”

艾玛小声说着，揭开了试管的头。试管中晃动的液体在黑暗中放射出微光，那种温暖顺着指尖传了过来，立刻感受到了至今未曾想起的母亲的味道。就这样，不把这种细胞处理掉也不会暴露吧……她在心中和另一个自己低语，感觉这想法真是太棒了。艾玛把试管放入口袋里站起身来。

“艾玛！找到了吗？”

面对跑过来的瞬，艾玛露出僵硬的笑容。

“什么都……没有，一定是不在这里。”

不想处理掉这种细胞……艾玛空洞的眼睛看向瞬的瞬间，脸上传来一阵火辣辣的痛。她惊愕地看向瞬，眼前瞬正直直地盯着她。

“清醒了吗？”

“我在干什么呀！”

自己那一瞬间到底是想做什么呀？艾玛突然笑了起来，从口袋里取出试管来。盘踞在大脑中的浓雾如微波般散去。

“对不起，妈妈。我还是必须要在这个世界上活下去。”艾玛在心中暗道，毫不犹豫地把试管摔在了地板上。玻璃碎片在空中飞舞，强烈的闪光在昏暗的房间里穿行，艾玛安心地看着仿佛巨大的蛇蜿蜒向上在房间里爬来爬去的情景。

紧接着，强烈的光在上空绽放出耀眼的光辉，房间里又恢复了昏暗，只余地板上散碎的玻璃碎片。

“结束了。”

艾玛小声说。

“还没结束，距离日全食还有10分钟！”

“那些追兵呢？”

“在那里。”

艾玛顺着瞬示意的方向看去，男人们正在房间中央痛楚地呻吟翻滚。艾玛惊愕地看着瞬。

“这是你一个人干的？”

“那还有别人吗？”

这么短的时间里能打倒那么多人……艾玛脑海里浮现出一个不祥的预感。

“你伸出手来。”

“现在时间……”

“好了，快点！”

面对艾玛不容分说气势汹汹的样子，瞬勉勉强强伸出了手臂。艾玛从架子上取下注射器，迅速地在瞬的手腕上扎了一针。

“你干什么？”

“你身体里的‘ARUDEMINO’对母细胞有反应，正在增殖。”

“增殖？”

“你看！”

艾玛指着采到的瞬的血液。血液像在针管中沸腾似的咕噜咕噜冒着小泡。

“这是什么……”

“开始引起细胞分裂了，这样下去，你的生命有危险……”

“还有多少时间？”

“照这情形不知能不能维持10分钟呢。你带了药吗？”

瞬点点头，从口袋里掏出小盒子。如果瞬的母亲所说的是正确的，那么这种药应该就可以抑制“akarudemino”的增殖。

“快！把这个药吃了！”

瞬对于艾玛的说话没有反应，他一动不动地沉默着。

“怎么了？快呀！”

“如果体内的‘akarudemino’增殖，我的能力就会提升吧？”

“是呀，那又怎么了？”

“为了从户隐那里救出奈美子，我需要这个能力。”

“奈美子不一定在这里，我什么都没感觉到。”

“不，她在一直在呼唤我。我还不能吃这种药。”

从瞬认真的目光中传递出对奈美子强烈的牵挂。我没办法说服这个男人，艾玛深深叹了口气，看向手表。现在是9点10分，距离日全食还有12分钟。不知能否成功，唯有赌一赌了。

“明白了。但是要在10分钟内把奈美子带回来。”

“你打算怎么做？”

“‘akarudemino’的母细胞在液体氮的罐子里休眠。能让隐藏着那样巨大能量的细胞老实地休眠，很可能是液体氮中加入了能够抑制‘akarudemino’的增幅的成分……”

“带她到这里来就行了吧？”

听了瞬的话，艾玛微微点了点头。既然有可能性的话，就只能那样做了。

“我来收集这个房间里所有的液氮。”

“知道了。艾玛……谢谢。”

瞬在颈部结了手印，以迅猛的速度向房间深处奔去。

要平安无事地回来……艾玛怔怔地看着瞬疾奔而去的房间深处。

被关在密封舱 中，高诚拼命地挣扎着。从头顶上软管滴落的“HERIMINARU”的量也比先前增多了，黏黏糊糊的液体开始在脚下积存起来。

呼吸困难视野渐渐模糊起来。想吸气，但在这种强烈的气味中，都本能地被阻止了。布鲁诺、悟志、May、金俊浩、艾玛……还有瞬，他们都没事吧？高诚的大脑里走马灯似的浮现出同伴们的面容，又一一消失了。恐怕就算意识清醒着，也离死不远了吧。

高诚猛地握紧了还微微能动弹的手。真的已经没有希望了吗？自己在这世上还留有许多想做的事情。我还不想死！就在他这样想的瞬间，咔的一声冲击声在密封舱 内响起，他感到大量的氧气涌入了身体中。脉搏跳动着，像是全身的细胞都在拼命呼吸一样。到底发生了什么？战战兢兢地睁开眼睛，张平威严地挺立在打开的门前。

“张……”

高诚恐惧地颤声呢喃道。张平站在自己面前，那就表示悟志已经落败了吧。所有的胜算都已经被断绝了……就在高诚无力地垂下肩膀时，他听到了熟悉的声音。

“高诚！”

高诚惊愕地看到现身于张平身后的悟志。

“真的……是悟志君……吗？”

“高诚！也许是圈套！”

听到布鲁诺从隔壁密封舱 传出的声音，高诚的身体不由得僵硬了。悟志没有动，静静地凝视着高诚。

“高诚……相信我。”

悟志一字一句认真地说。在刻不容缓的紧迫关头，现在自己所能做的，只能是相信悟志。

“我相信你。”

“谢谢！已经没有时间了。”

“张平怎么样了？”

高的目光瞥向了张平，张平依旧是威严地挺立着，像僵硬的人偶一样一动不动。

“我现在正控制着他的身体。”

“你夺取了他的身体？”

“是的。不过我坚持不了多长时间……我们必须快！”

悟志靠近装着杏的密封舱 ，在那个入口附近举起手。紧接着，密封舱 的门就静悄悄地向上开启了，露出里面的杏来。没有丝毫动静的杏的身体，与其说是人类的肉体，不如说更近似于“容器”的状态，她眼睛一眨不眨地盯着高诚。一眼就能看出，那不是“活着”的状态。

“布鲁诺、高诚。离开这里。”

悟志伸出双臂，把杏轻轻抱在了怀中。就在这时，悟志的身体大幅抖动起来。眼睛里似乎掺杂着恐惧和不安，露出无限的绝望之色。这一瞬间，可以很容易地想象到悟志正在经历着怎样可怕的痛苦。

“悟志君！”

高诚在奔向悟志的时候，听到身后传来了低低的笑声。

“真是蠢货呀。你还打算吸收杏的能力吗？”

高诚吃惊地回过头去，看到的是张平那副令人异常厌恶的神情。

“张……”

“可恶的家伙们，我要把你们集中起来全部杀光。”

“我不会让你得逞的。”

高诚向布鲁诺使眼色，让他保护好杏和悟志，自己则转身正面对上了张。自己的能力在进入这栋建筑物后，一定是实现了进化。伴随着心脏激烈的跳动，高诚感觉到自己的能力正在扩张，身体里的能量正在迅猛地增长。高诚的眼睛变成了灰色，视线与张的对上。肉体的动作、空气的流动、重力的抵抗……他计算着所有的一切。

张抬起脚来，像恶鬼般扑向高诚。那双眼睛里燃烧着怒火。高诚轻松地避开了张的攻击，目光一闪瞥了一眼身后。悟志的脸色苍白如死人一般，双臂依旧环抱着杏，相反杏的脸上却慢慢恢复了血色，表情正渐渐转向平稳。高诚没有漏看，杏的手抽动了一下。

接下来的一击，必须要打倒张。高诚的目光转了回来，张慢慢按下了装在房间墙壁上的开关。百叶窗静静地升起，新加坡的景色随着晃眼的阳光在窗外展开，一览无余。那样的光明令高诚吃惊，停下了动作。

“好棒的景色呀！”

随着张的声音，脸上传来可怕的剧痛，高诚当场倒下。脚下不稳，他根本不能照自己的想法站起来。对于那一瞬间的疏忽大意，高诚懊悔不已。

“嗨，看吧！马上就要开始了哦！”

上空的太阳开始残缺，刚才一直明亮的天空即将被黑暗包围。对急速的变化感到不知所措的同时，高诚明确地意识到绝望的倒计时开始了。

张露出有些肮脏的牙，开始诡异地笑起来。

“有什么好奇怪的……”

“哎呀，我觉得真应该让武藏活到能看见这幅光景的时候啊。”

“是你杀了武藏？”

“不是我。那家伙像野狗一样，随随便便就死了。”

高诚的身体愤怒地颤抖着，深深呼出一口气。站起来……高诚对自己的身体说，突然感到背上渐渐渗出热流来。细胞一个个起伏，心脏激烈地跳动着。

高诚站起身来，紧紧地盯着张。

“张……你完了！”

高诚说着话，向张走去。眼前的景象以数字的形式呈现出来，未来的情景都经过计算被弹出。怎样动作，怎样躲避，高诚可以看见所有的一切。要打击目标，就趁现在。解读张的心脏跳动，结合肌肉收缩打出拳头。如果能够引发致死的脉律不齐，就可以确实地结束张的生命。

高诚深吸了一口气，锁定了目标。寂静中，张的心跳扑通扑通地在高诚的大脑中回响。

就是现在！下一个瞬间，高诚以张的心脏为目标，用尽全力击出一拳。随着咚的一声闷响，张当场倒地，那双眼睛里露出不可置信的惊愕之色。

高诚把手慢慢地紧贴在张的心脏上，毫不犹豫地注入了全力。他感到自己的心渐渐如机械般冷起来，用冰冷的目光看着眼前即将气绝的男人。

张露出了短暂的痛苦表情，随即便那样静静地没了呼吸。

“武藏……”

高诚轻声呢喃，扶着膝盖站起身来。一个男人的一生在眼前落幕了，在地板上的男人尸体前，他没有生出任何感情。如今支配着自己的，只有冰冷空虚的心而已。

高诚的眼睛回到了原本的颜色，急忙奔向密封舱 。

“布鲁诺！小杏没事吧？”

“她没事。”

听到了布鲁诺的回答，高诚长长地舒了口气。杏躺在地板上，静静地熟睡着，那张脸上带着如天使般无邪的微笑。

“悟志君呢？”

高诚环顾四周，拖着脚步走向窗口的悟志的身影便跃入眼帘。他呼吸粗重，全身皮肤赤红松软。

“悟志君。”

布鲁诺从后面阻止了要跑过去的高诚。

“高诚，悟志已经救不回来了。”

“怎么会……”

“‘akarudemino’就要突破临界点了，已经来不及了。”

高诚甩开布鲁诺向悟志跑去，悟志露出一个虚弱的笑容，回过头来。

“高诚，拜托了，不要过来。”

听到悟志坚定的语气，高诚停下了脚步。

“为什么你要自己一个人……这么做……”

悟志没有回答，只是静静地微笑着。那是瞬间也是永恒，是珍贵的一瞬。那样美丽的微笑，令高诚不由得倒吸了一口气。

“谢谢你相信我，我很高兴。”

悟志背转身，竭尽最后的力量向窗口跑去。从那背影传达出不同寻常的精神和决心，高诚瞬间明白了悟志想要做什么，立刻恍惚地追了上去。

“等等，悟志君！”

悟志用身体撞破了窗户，就那样飞身跃了出去，像慢镜头似的展开的景象，一帧一帧地将信息传递进高诚的大脑。手再伸长一些能够着他吗？高诚伸手要抓住悟志的后背时，背后传来布鲁诺的叫声。

“高诚，不要！你想死吗？”

在布鲁诺的叫声中，在高诚脚步停下的瞬间，随着轰的一声几乎震破耳膜的重低音，强烈的闪电贯穿了漆黑的夜晚。猛烈的爆炸气浪冲击着全身，被冲击得站不稳的高诚，不由得跪在了地上。什么都看不见，什么都听不见，身体动弹不得，高诚的五感一时之间完全停止了机能。但下一个瞬间，便不知从哪儿传来了婴儿的啼哭声。那声音好几重汇聚在一起，形成了巨大的滚滚浪潮震动着高诚的耳膜。强忍着耳朵深处传来的疼痛，高诚一动不动地等待着那个时间的结束。

“我是知道的……”高诚没有对任何人说，只在心中低语。是的，自己预见了悟志自爆的所有的一切，但却没有能力阻止。悟志除了自爆之外，根本无路可走了。

不知要把无处可去的懊恼抛向何方，高诚蹲在当地，呼啸的狂风停下了，周围被寂静包围着。终于结束了吗？高诚抬起头来，被月亮遮住的太阳又重新放出了光辉，被漆黑的暗夜包围着的空间开始再次重归光明。

突然，高诚的脑海里浮现出《圣经·创世记》的第一节。“起初神创造天地。地是空虚混沌。渊面黑暗。神的灵运行在水面上。神说，‘要有光’。”对，那是光。是神要求要有的光。高诚面对眼前展开的雄壮宏大的景象，只感受到了超越人智的造物主的存在。

瞬紧盯着户隐消失的地方，双腿拼命地跑动着。必须在和艾玛约定的时间之内救出奈美子。

研究室的尽头还有一个地方，有与另一个房间相连的入口，瞬在那扇门前停下了脚步。他从门的另一边感受到了不同寻常的能量和杀气，户隐和奈美子大概就在这里面吧。

瞬把手搭在门把手上，慢慢拧开了门。但是，下一个瞬间，瞬简直不能相信跃入自己眼帘的情景，呆呆地伫立当场。

“什么呀这是？”

瞬小声地喃喃自语。眼前展现的，绝对没错，就是敦煌的街道。自己是在做梦吧？人工照明灯的照射下的敦煌街道上没有人气，整条街道笼罩着阴森森的气息。这就像一幅巨大的透视画一样，精巧精密地再现了一条街道。

瞬走近路两侧排列的路边摊，拿起摊子上摆着的辣椒粉舔了一下。辛辣刺激的味道在舌头上蔓延，好歹不是假货。瞬把辣椒粉吐出来，环顾周围。到底这条街道是为了什么目的而做的呢？带着不祥的预感，不经意地拿起店头摆放的美术明信片的瞬间，就看到了某个眼熟的男人的脸。

“户隐……”

瞬小声道。美术明信片上是户隐的自画像，下面记载着“第一代世界统一总统”的文字。难以抑制的愤怒从身体深处涌上来，瞬带着愤怒的感情攥坏了明信片。什么第一代世界统一大总统……光是我的人生还不够，还要从这个世界上夺走一切吗？

看着皱巴巴的明信片中户隐那难辨哭笑的诡异笑容，瞬把团成一团的明信片扔在地上，毫不犹豫地用力踩了上去。

紧接着，咚的一声一股向上的冲击袭向瞬的身体，瞬不由得失去了平衡。他惊讶地望向地面，脚下踩着的地方开始龟裂，那龟裂如蛇般以惊人的速度在地面上爬行。难以置信……自刚才开始就感觉到自己的力量越发膨胀，瞬的背部哆嗦了一下。正如艾玛所说的，这样下去，自己的力量失控也不过是时间的问题吧。不尽快把奈美子找到的话……瞬一边整理混乱的心绪，一边环顾四周，目光所及之处，他看到一座巨大的神殿伫立着。像用大量的血刷出来的一般刺眼的朱红色外墙，一点一点传达着残忍的思念。随着心脏扑通扑通巨大的波动，瞬确信奈美子就在那座建筑物中。

穿过有飞天的拱廊大道，一直往前跑，通往神殿入口的门便出现在瞬的眼前，其中传递出更强的奈美子的思念。瞬渐渐缓下了速度，在门前停下脚步。

抑制住焦急的心情进入神殿内，里面微微发暗，一股霉味儿扑鼻而来。像是要阻止入侵者一般，到处是张结的蜘蛛网，瞬一边用手拂去蛛网，一边顺着走廊向前走，四面通风的大厅就出现在眼前。

房间的中央摆放着供奉用的神台，那上面被黑布蒙着。黑布隆起成人形，显示着那下面有“什么东西”的存在。神台前身穿白衣的男子微微摇晃着高大的背影像念经似的念念有词。

“户隐……”

瞬小声地叫出那个男人的名字。男人依旧背对着瞬，以笔挺的姿势站着缓缓转过头来，露出和刚才的美术明信片中的人一样的笑容站在那里。

“竟然能找到这里来呀。”

“奈美子在哪里？”

“就在你眼前呀。”

户隐用手掀开布，把布向自己的方向狠狠扯下。

“奈美子……”

台子上的奈美子面目全非，眼睛空洞地望着瞬，像一丝不挂的精巧人偶一般，毫无生气。

“你对奈美子做了什么？”

瞬踉跄着正要跑向奈美子，手背突然传来一阵剧痛。他一看，手背上扎了一支小型的撒手剑。

“慢着……请不要碰最重要的生祭品。”

瞬从手上拔出撒手剑扔在地上，手上的伤眼看着正在愈合，身体里咕咚咕咚波动着。户隐很是钦佩地扬起了眉。

“你的能力好像在短时间内进化了呀。”

“闭嘴！杀人狂！”

“我不知道你为什么那么生气，但我的女儿是为了为世界做出贡献而降生到这个世界上来的哦。为人类的进步做出贡献，正是她的使命。”

户隐微笑着抚摸奈美子的头发，面对他那简直像小孩子得到玩具似的天真烂漫的神情，瞬从心底涌起了强烈的厌恶感。奈美子依旧脸色苍白地向上看着天花板，眼睛一眨不眨。但是，在瞬的大脑内，奈美子的心跳清楚地影响着他。瞬在心中向奈美子发出信息：“等着我。”

“好了，差不多到时间了。”

户隐的目光看向手表，伸手从神台下取出一个大约1米的罐子来。从罐子里飘出氨的刺鼻气味。刚一想到那里面装的是什么，瞬就立刻变了脸色。

“是HERIMINARU！”

“你知道得挺清楚的嘛。”

“你是奈美子的父亲吧？为什么能做出这种事？”

户隐低下头，控制不住地捧腹笑起来。

“有什么好笑的？”

户隐笑了一阵抬起头来，脸上古怪的神情消失了，露出前所未见的严肃表情来。

“我的女儿是应神的派遣而降生的。而且，在这个世界上，我就是神。”

“如果是你这样的神，那就是吃屎的啦。”

瞬唾弃道，双手在颈前结印，必须要杀了这个男人。

户隐做了个深呼吸，以憎恶的眼神看着瞬。

“我知道了。既然话已经说到这个地步了，那就直接用我的手来结束吧。”

户隐无声地靠近瞬，拳头打上了瞬的胸口。就在瞬失去平衡的时候，背部受到了像是混凝土块坠落般的冲击。受到内脏仿佛要从口中飞出般的重击，瞬抱着肚子呻吟出声。他在地上打着滚儿，头要裂开般的疼痛。瞬连站都站不住了，当场倒地。胃液随着呻吟声流了出来。

“我以为你会更让我满意，没想到就是这样而已呀。”

瞬狠狠瞪着户隐，忍着身体的疼痛摇摇晃晃地站起身来。身体沉重，脚如预料中的一样动弹不了。

“你还是不要勉强了。我拥有可以使对手失去力量的能力，无论你的力量进化到何种程度，在我面前都毫无意义。”

户隐缓缓走到瞬的面前，单手抓住了他的脖颈。户隐的手卡住瞬的脖子逐渐加力，瞬的身体在离开地面的同时便断了氧，身体哆哆嗦嗦地开始痉挛。瞬向被冲上岸的鱼一般全身挣扎着，但连挣扎的力量也快没了。

瞬的手无力地垂下来，全身的力气都被抽干了。明显的能力差距，让瞬连反抗的精力都没有了。回过神来，在远去的意识中，瞬正追逐着政子的背影。妈妈……等等我！不要丢下我。年幼的瞬流着泪，拼命向母亲伸出手。母亲停下了脚步，温柔地回过头来，向瞬张开了双臂。瞬，过来……瞬正要飞身投入那个怀抱时，耳边听到了冷笑声。

“这样悲惨的遗容，真是和你母亲一模一样啊。”

听到户隐的话，瞬全身僵直了。刚才这家伙说了什么？眼睛深处飞射出火花四溅般的愤怒，全身都热了起来。

瞬无力下垂的手迅速地抬起来，把户隐卡住自己脖子的手强拉开了，顺势落到了地上，眼睛深处闪着愤怒的火焰。

“还保留着这样的力量，真叫我吃惊呀。”

随着户隐惊恐的眼神，响起了一声轻轻的口哨。

“你对我母亲做了什么？”

“什么也没做呀。如果硬要说有什么的话，不过就是我实现了她‘想死’的愿望而已。”

“你这个浑蛋……”

“可就算这样，她还是珍重地戴着那串项链，简直就是个笑话呀。”

“那串项链……莫非是你送的？”

“是啊。不过是我随便送的礼物，她却一直珍而重之地戴着……真是个傻女人呀……”

那一瞬间户隐的脸上似乎有悲伤之色一闪而过，但瞬却是一副没有看到的样子。

“我绝不会饶了你。”

“妈妈、奈美子，还有隆……请再给我一次机会吧。”瞬在心中暗道，向户隐走去。从身体深处涌出的力量，支撑着自己的速度。刚才感受到的全身疼痛，如同谎言一般消失了，陶醉的飘飘欲仙的感觉不断涌来。那是一种像被什么愉悦的东西包围着的奇异的感觉。

瞬以看不见的速度出现在户隐的身前，随着咚的一声闷响，以他的心脏为目标击出了一拳。户隐露出惊愕的神情，脚步蹒跚。

“哦，看不出你还有两下子呀。”

“我的战斗技巧都是直接向你学的。”

户隐抓起了立在神台旁边的刀，向瞬扔去。

“拔刀！最后就让我们堂堂正正地一决胜负吧！”

瞬拔刀出鞘，一把闪着锐利银光的刀现身了。瞬紧紧握住了刀柄，向户隐挥起了刀。自己的手和刀仿佛合为一体的感觉自手上一点点蔓延开来。

“话先说在前面……我不会饶了你的！”

“这是我要说的话才对。”

不知什么时候，户隐的手里也握上了刀。在瞬和户隐难以形容的紧张感中，二人相互无言地紧盯着对方。手掌湿漉漉地渗出汗来，瞬膝盖微微弯曲，采取了可以应付任何攻势的姿势。血液涌向大腿的肌肉，全身的神经都被调动起来。

紧接着，户隐的手腕动了。瞬在颈前结印的同时，一跃而起飘在了空中，身体像生了翅膀一样轻。瞬在空中再次握紧了刀柄，挥刀砍向户隐的头顶。咔的一声金属相击的声音在神殿内响起，视线所及之处，户隐的刀挡住了瞬的刀。

“该死！”

“接下来，该我了哦。”

户隐把瞬的刀格开，再次挥刀砍去。来了！就在瞬向后退去的同时，户隐以迅猛的速度攻向了瞬。贴着脸挥下的刀砍空了，刀和刀相交火花四溅。在几近疯狂的紧张感和跃动感中，瞬的脉搏达到了顶峰。“akarudemino”达到了最顶峰，全身的细胞即将扩张。

“你的死期就要到了吧？”

目光转向后方，背后已靠近墙壁。户隐阴险地一笑，将刀架在了上空。瞬的脑海中走马灯一样闪过了从过去到现在的记忆，必须为了在这个世界上生存下去而战斗……瞬做了个深呼吸，在户隐挥刀而下的同时，弯腰挥刀向正侧面。

两人停下了动作，室内被完全的寂静包围着。下一个瞬间，户隐单膝跪在了地上，膝盖滴落下大量的血来。户隐一副难以置信的神情看着瞬，那双眼睛里流露出对未知存在的恐惧之色。

“等等！”

“现在才想求我饶命吗？”

瞬的眼睛里翻腾着憎恶的情绪看向户隐，现在就结束这个男人的生命……就在瞬打算给他致命一击的瞬间，身后传来了唰啦一声布滑落的声音。他吃惊地回过头去，看到的是眼神空洞的奈美子正站在那里。户隐趴在地上，拼命地用手指指向瞬。

“奈美子！乖，为了爸爸和人类，杀了那个人。”

奈美子带着像死人般的表情靠过来，苍白的嘴唇静静地蠕动。

“够了，结束吧。”

奈美子用双手紧紧握住了户隐的手，突然闭上了眼睛。户隐拼命地试着想甩开，但那双手像粘了黏合剂一样紧紧贴合在一起，根本甩不掉。

“奈美子……放开爸爸的手。”

“不要。”

瞬想靠近奈美子的身边，却被看不见的墙壁似的东西弹了出去。

“拜托了……不要过来。”

奈美子看向瞬，温柔地微笑着。

“你要干什么？”

“对不起。一个人死太寂寞了，我要把这个男人一起带走。”

奈美子的身体里散发出类似氨的恶臭，伴随着这股气味烟雾般蒸腾而起。

“我们一起回去！”

听到瞬的叫声，奈美子侧过头去。

“谢谢……但是，够了。你快从这里逃出去！”

“可是……”

“最后，能够见到瞬，太好了。”

奈美子的脚边冒出红色的火柱，像龙一样向上升腾。奈美子旁边的户隐扭动着身体发出不堪入耳的诅咒叫骂。

“拜托了……快走！”

随着奈美子的叫声，瞬跑了出去。不能回头，他这样想着，但却可以感觉到身后奈美子发狂般的喘息。瞬再一次转回身去，看到了被火焰包裹着的奈美子。

“奈美子！”

奈美子笑着举起手来，火焰中微笑的奈美子绽放着不似这世间之物的美丽，那仿佛是凌驾于人类之上的特别的存在。

伴随着身后传来轰隆隆的爆炸声，熊熊燃烧的火焰袭击过来。快……快……瞬竭尽全力地迈动双腿，向光照射进来的方向跑去。

面对一分一秒过去的时间，艾玛的内心被如翻搅般的焦躁感侵袭着。已经不知看了多少次手表的指针指向了9点20分，只剩下最后一点时间了。

瞬没事吧？艾玛抬起担忧的脸的瞬间，伴随着轰隆隆的爆炸声，房间深处出现了如电光石火般奔跑而来的瞬的身影。

“瞬！”

第一次叫出这个名字的瞬间，艾玛发觉了在自己心中瞬已经是一个特别的存在。自己一直以来在回避什么呢？艾玛此时第一次深切地感觉到，自己想和这个男人一起活下去的想法。

“奈美子呢？”

瞬在艾玛面前停下了脚步，侧过脸去，垂下头去的神情中流露出难以言喻的悲伤和绝望。艾玛轻轻把手放在瞬的肩上，现在不管什么安慰的话，对他都没用吧。

“以后再伤心吧，现在必须从这里逃出去。”

艾玛探头看了看瞬的脸，那张脸如死人般苍白，嘴唇泛着铁青。

“欸！你没事吧？马上把药……”

艾玛从瞬的口袋里掏出了药，但却被瞬的手阻止了。

“欸！怎么啦？”

“这个稍等下再吃。”

“你在说什么啊！已经是极限了呀！不赶快服药会死的！”

“我的身体还能扛得住。从这里逃脱，必须要靠‘akarudemino’的力量。”

紧接着，艾玛的身体就飘在了空中。她吃惊地向下一看，瞬正扛着自己的身体。他全身肌肉痉挛，应该是正遭受着难以想象的痛苦侵袭吧。

“抓紧我！”

瞬说着话，抬头看向艾玛，那双眼睛里闪动着光彩。要相信他，艾玛深深地点了点头，双臂环抱住了瞬的脖子。

视野剧烈晃动的同时，所看到的一切都以目不暇接的速度迅速离去。附加在身体上的冲击令脸都变了形，艾玛拼命地抓紧了瞬的身体。爆炸声以可怕的势头紧逼身后，身体仿佛要燃烧般的火热。“还差一点……还差一点……”艾玛像是说给自己和瞬听一样，闭着眼睛小声呢喃。

尾　声

眼看就要消失了，不知从哪里传来了孱弱的蝉鸣声。猛地睁开眼睛，映入眼帘的是雪白的天花板。这是哪里？瞬慢慢从床上坐起身来，用手按了按一跳一跳作痛的头。

“你醒了？”

顺着声音望去，坐在圆椅上的艾玛正一脸担心地看着自己。她的脸和手臂上虽然缠着绷带，但似乎伤得并不严重。瞬看着艾玛健康的脸色，放心地舒了口气。

“艾玛……没事，太好了。”

“瞬总是乱来，我的命都要少半条了。”

“对不起。”

“不用道歉了。我和瞬都没事，这样就够了。”

“这是哪里？”

“是北京的医院。那之后立刻发生了大爆炸，我们在千钧一发之际逃了出来。”

瞬的目光转向窗口，窗外雾霭笼罩下的北京街道模模糊糊地浮现出来，来往的人们一定正带着各遂己愿的表情度过着他们一成不变的日常吧。突然，瞬的脑海里闪现出奈美子带着天真笑容的脸。

“我没能救出你……”

控制不住落下眼泪，瞬把脸埋在了被子里。要怎样定义这种感情呢？在这短短的时间里，奈美子在瞬心中已经成了不可替代的存在。瞬想止住激荡在胸中的痛，试着做了个深呼吸，但悲伤的浪潮却一波一波汹涌而来，无法阻止。

“为什么……是奈美子……为什么？”

瞬不断地轻声低吟。

“不要再怪自己了。”

艾玛说着，双臂温柔地环住了瞬的身体。感受到艾玛的心跳，瞬生平第一次知道，来自他人的温暖是这样美好的事。

“瞬今后将背负着姐姐的血脉一起活下去。”

“背负着血脉？”

“是啊。瞬也明白的吧？”

瞬听了艾玛的话，微微点了点头。自己的心脏在怦怦跳动，使血液循环着。自己的血液中融入了许多的回忆。

瞬怔怔地望着艾玛，小声啜泣道：“奈美子是幸福的吧……”

“嗯，应该是幸福的吧。因为她被你爱着，被你需要着呀。”

“艾玛……谢谢。有你在，真好。”

艾玛离开瞬的身体，露出个顽皮的笑容。

“欸，告诉你一个好消息吧。松原隆没有死哦。”

意外地听到艾玛说的话，瞬不由得睁大了眼睛。

“是怎么回事？你怎么知道隆的事情？”

“因为你一直说梦话叫着这个名字呀，在梦里不断地道歉。我想到底是什么事呢？就试着查了一下，他小学时候从校园的屋顶坠落，好像是就此成了没有意识的植物人。”

“是这样啊……”

“你不知道吗？”

“嗯，那件事情以后，我就转学了，以为他一定死了。”

“他一直是像死了一样的状态，但是刚才好像恢复意识了。”

瞬难以抑制剧烈的心跳，满怀期待的目光看向艾玛，他满脑子都是和隆的记忆。“啊，隆原谅我了吗？”瞬在心中暗问道，艾玛轻声回答他：“隆应该已经原谅你了哦。”

盘踞在瞬内心的罪恶感一点点柔和起来，他第一次觉得，活在这个世界上也不错。

“艾玛……”

瞬正要抱住艾玛的肩，病房的门被粗暴地推开了，纷乱的脚步声涌入了房间。

“哎呀！你们在卿卿我我啊！”

亲切的声音令瞬抬起头来，高诚、布鲁诺、May和金俊浩四个人正站在那里。高诚走到床边，弯下腰来探头看着瞬的脸。

“什么嘛，这不挺精神的嘛。”

“高诚……你还活着吗？”

“不要随便杀了我啊。”

图书在版编目（CIP）数据

超能者. 上 / (日) 古谷美里著；马丽译. —北京：中国友谊出版公司，2017.11
ISBN 978-7-5057-4235-2

Ⅰ. ①超… Ⅱ. ①古… ②马… Ⅲ. ①长篇小说－日本－现代②长篇小说－中国－当代 Ⅳ. ①I313.45 ②I247.5

中国版本图书馆CIP数据核字（2017）第275925号

书名 超能者. 上
作者 （日）古谷美里
译者 马 丽
出版 中国友谊出版公司
发行 中国友谊出版公司
经销 新华书店
印刷 北京嘉业印刷厂
规格 880毫米×1230毫米 32开
8印张 160千字
版次 2017年12月第1版
印次 2017年12月第1次印刷
书号 ISBN 978-7-5057-4235-2
定价 42.00元
地址 北京市朝阳区西坝河南里17号楼
邮编 100028
电话 （010）64668676

如发现图书质量问题，可联系调换。质量投诉电话：010-82069336